오래된 어둠과 하우스의 빛

김연덕

오래된 어둠과 하우스의 빛

김연덕

PIN
054

차례

4부

5부

PIN
054

오래된 어둠과 하우스의 빛

김연덕
시

1부

소품 가정집

종이를 열어 나의 오래된 집으로

아직 죽지 않은 먼지 나는 이야기들이
방마다 파본처럼 흩어져 있는 집으로 걸어 들어간다.

공실이었던 산 전체에 난방을 튼다. 인쇄가 흐릿하거나 찢긴 내용이 느리게
느리게

가동된다. 코트를 벗으려면 조금 더 기다려야 한다.

끊어진 복도와 계단을 따라
각기 다른 크기와 두께의 파본들이 여러 권씩 위

태롭게 겹쳐져 있어

벽지에 일렁이는 그림자는 가족처럼

야외처럼 복잡하고

어느 것을 먼저 꺼낼지 계산해보는 사람을 외로운 행복감 속에

멍하게 한다.

이 코트는 새것인 이야기들을 써서 번 돈으로 산 것이지. 재채기는 나지 않는 옷이었던 거야. 하자 없는 이야기는

내가 그랬듯 언제든 나를 버릴텐데.

종이를 그래서 여는 것은 아니다.

다만 어떤 파본들도 사방에 냉기와 자존심과 모서리는 간직하고 있으므로

무심코 들어갔다 발이 찔리지 않기 위해 조심해야 한다.

과도하게 빠르고 뜨거운 나의 피가 이 종이들에 묻지 않도록.

한 번에 한 걸음씩만 가는 난방이 산의 면적을 포기하지 않도록.

여기 마지막으로 들어온 사람 처분하지 않고 이대로 나가버린 사람은 누구였을까.

유통되기에는 컨디션과 완성도가 부족했던

동시에 유통되기에 너무 넘치는
파본 한 권 한 권마다의

야성.

나는 새 코트보다 이것이 좋다.

2부

다친
작은
나의 당당한 흰색

1995년 4월 4일에 태어난 나는 아마 1996년 11월 16일에 첫눈을 보았을 것이다.

두 발로 엉거주춤 겨우 서 있을 수 있었을 나 이날의 광경을 커서 기억하기란 불가능한 한 살의 나를 엄마는
아무 말 없이

내리는 눈 한가운데 밀어 넣었다.

이게 눈이란 거야
나지막한 설명도 없이

괜찮아
만져봐

한 살의 당황스러움을 해결해주려는 제스처도 없이

1000년 뒤에도 끝나지 않는

이 낮
낮의
고양된

어딘가 조금
지친

빛

세상이 차분한

넋이 나간 밝기로 밝아지고

소리가

사라지고

집을 둘러싼 산과 산짐승

죽은 나무가 나보다 작아져 나의 털모자 안에 충분하게 들어온다. 산맥을

바위를 다시 꺼내

집

주위를 눈 오기 전처럼 정돈하려면 내게서 모자를 벗기고 나서도 팔을

깊숙이 넣어야 할 정도로.

털과 깃털이 눈으로 젖은
짐승들
눈 내린 산은 그해 태어난 사람의

모자 안을

뼈가 가는 두개골을 좋아했다.

《이 눈송이는 그저 앞으로
매년 이 마당에 들이닥칠 눈송이
새로울 것 없을
매년의 둔중하고
괴롭고 다정한 침묵
보지 않으려 집 안으로 고개를 돌려도 평소

크게 의식하지 않아도 넘어지듯 반복될 눈송이》
일 것이라는 사실만이 새로워 모자가 조금씩
따뜻해져도

머릿속에 누가 들어갔다 나와도 한 살은

아무 말도 할 수 없으니까.

엄마는 거실 유리문을 통해

생애 목격한 첫눈에
한 무더기로 낭비되고 있는 저 환함에 아무

반응도 하지 않은 채 서 있는
나를

1000년 뒤에도 한 살인

나를 바라보고

산은 흰색으로 뒤덮인 짐승들
나무들 특유의
가느다란 밝기를 사용해 영원히 나의
머리뼈를 어루만진다.
나는 엄마와 눈을 맞추려 했겠지만 엄마는

거실 커튼의 어둠 속에 가려 보이지 않는다.

아

가운데 피부

약하게

(아프고)

……

졸리다

빛 대신 이것들의 무게를 감당하느라 한 살의 나는 머리가 무겁고 모자 안에서
모자

밖에서 밀려오는 흰색으로 뒤죽박죽이다.

시간이 지나 내

두개골이 조금 더 굵어졌을 때 추워도 이런 아기용 털모자는 더 이상 쓰지 않게 되었을 때 엄마는

말해주었다 내가 그날의 눈 앞에

무방비한 마당에 그냥 우뚝 서 있었다고. 그리고 자신도

그것을 그저 지켜보고 있었다고.

1996년 11월. 세상

모든 색이

얼결에 내 모자 안으로 집어삼켜져

집 주위가 모처럼 깨끗해져서 한 살의 나는 무섭고 고맙다는 생각을 미리

하고 있었을 것이다.

다 큰 내가
눈밭이라면 우선 신나게
망치고 보는

힘이 약하고 뒤틀린 채 커버린 내가
얼핏 닿으면 부드럽게만
느껴지는 눈송이의
무게로 눈송이의
폭력적인 색으로
사람들에게 지속적인

그래 느린

영향을 주고 아프게 할 것을

술과

골똘한 감정에 취해

무례하고 무례하고

무례해질 것을

기억도 나지 않은 때 산을

숨기고 보호해준 데서 온

억울한

피부

뼈의 이상한

자랑스러움에 취해

넋이 나간 나 자신의

두개골을 함부로 대할 것을 미리

알고 있었던 것 같이.

2021년 4월에 출간된 나의 첫 시집은

모든 빛을 반사시키는 눈부신 흰색 표지로 이루어져 있다. 2024년, 오늘, 이 시를 쓰기 전부터 나는

나의 시집이 완벽한 흰색이어야 한다고 주장했고 그렇게 세상에 온 흰색 시집을 0살의 내가 되어

멀찍이서 가만히 바라보곤 했다.

펼치거나

읽거나

찢어버리는 대신

감탄하거나 누구에게 이르는 대신
그냥 마당에 서서.

머리 안쪽에서부터 밀려오는 잠을 멍하니 받아들이면서.

자연처럼
장식품처럼 놓여 있던 것에 약간
지친 시집에 빛이 떨어지면 그것은 그것의 섬세한 머리뼈, 페이지와 페이지 사이에
책을 둘러싼 모든

가구와

사물들의 시간을

벽과

천장의 긴 시간들을 흡수시켰다. 시집을 들면 그것이 산과 나무의 심정만큼 미세하게

무거워진 것이 느껴졌다.

그해의 두개골에게만

가는 뼈에게만 주어지는 방공호였다.

✧

괜찮아.

만져봐도 돼.

낮의 빛은 항상 눈 내리는 광경을 찌르고

다친 눈은 모든 색

모든 과거를 사라지게 한다.

1995년 봄에 태어난 내가 1996년 겨울

첫눈을 밟은 사진이 있다. 그 사진에서 나는 아기이고 입가에 미소를 띤 채 얼어 있고 머리에 꼭 맞는 분홍색 털모자를 썼다. 아픈 마음도 술 취함도 미친

소음도

이별과 함부로도 없이.

원래 색이 잠시 지워져

보이지 않는 산. 불룩 솟은
털모자로 숨어들어 간 이곳의
작은 짐승들.

눈이 내린다.

전해 들어도 생생한
11월 16일의 이미지가

어딘가 모르게 삶이 좀 부족하고
얼굴이 안 된 자연이
모자 안쪽에 깊숙하게 얹혀진 뒤로는 자꾸
한 살로 돌아간다.

역광의 거실 커튼이 앞쪽으로 움직인다.

1000년 동안
산과 밝음과 나를 내버려둔 채

거기 서 있는 사람이 있다.

두꺼운 커튼 뒤편으로 번져 들어오는
눈발의 맹렬한 환함
흰색 한가운데 내던져진 나를

번갈아 주시하면서.

신기해하고

안심하면서.

나의 안과 밖에서는 희고 난폭한 아름다움이 여전히 낭비되고 있고

눈이 오면 잠들어 있던 미래 가장자리부터 완전히 달라진 마음이 몸을
일으켜 깨어나는 곳
서로를 가족이라고
눈을 눈
나를

나라고 부르던

입술들

소리들
어두운 시간마저 고립되는 곳에서

엄마는 나를 처음 읽어준 사람이었다.

브로치

집안의 여자 어른이 갖고 있던 장신구의 이미지를 따라 살게 되는 삶은 얼마나 따뜻하고 끔찍한가

세로로 길게 늘어져 있던
안방의 직각 거울
할머니는 마음 한쪽을 깊이
빼앗긴 책을 읽는 것처럼
그 책을 아기로 다루는 것처럼 거울 앞에 앉아 있곤 했고

안방의 커튼은 낮에도 늘 어둡게 늘어져 있어 그 방에서 유일하게 빛나는 것이라곤 할머니의 거울과 유리 그릇
그릇 안의 크고 작은 브로치들이었다

여러 색의 원석이 도금된 세찬 형태의 브로치들은 꼭 그릇 안에서 잠든 곤충처럼 보였지

할머니는 외출 때를 제외하고 내성적인 그 곤충들을 잘 달지는 않았지만 할머니와 거울이 나누던 길고

따뜻하고 지루한 대화에 브로치들도 종종 자기들만의 빛으로 참여했던 것 같다

커튼 밖 세계에서 빛나고 있는 빛을

나눌 곳이라곤 안쪽이 적나라하게 들여다보이는 서로밖에 없었기 때문에

유리의 두께를 넘어 거울로 천천히

도달한 브로치들의 광채는

슬픔은

거울의 표면이 뜨겁게 쪼그라들던 순간은

오래전 죽은 사람이 쓴

복잡한 수식과 리듬

문법으로 구성된 문장을 읽고 거울 안쪽으로 빠져드는 기분

해외 출장을 자주 가던 할아버지는 할머니와 엄마의 것으로 반 정도 살아 있는 장신구들을 종종 사오곤 했다

비행기 아래 내려다보이는 뭉뚱그려진 산과 바위처럼

과묵하고 고집스럽던 그가

섬세하고 독창적인 시선으로 골라 오는 장신구

들의 형태를 볼 때마다

여러 장의 종이에 안전하게 싸인 장신구가 할아버지의 낡은 캐리어에서

하나씩

잠에서 깨어나듯

조용하게 당황하며 등장할 때마다

우리 집 여자들은

미국에서 이탈리아에서

무심한

사랑 속에서 브로치를 집어 드는 그 짧은 순간

할아버지 내면에서 일어나고 있었을 애석하고 아름다운 일들이 궁금해지곤 했다

그의 등줄기로 흘러내렸을 외국의 땀과

잠깐 다른 사람이 되어
광장한 보석 고르기에 몰입했을 한낮이

할아버지의 손끝으로 스쳐 지나갔을 어린
죽은
할머니의 얼굴
살아 있는 곤충들을 집어 들어 그의 캐리어에서
다시 잠들게 하던 방식이

어려운 책은 눈썹을 꿈틀거리면서
머릿속에 떠다니는 문장들을 계속해 수정하면서
두고 읽게 된다

거울은 지금 이 순간의 수정 평생의
수정을 위한 것

내 얼굴 위로 지루한 이야기가 계속되고 있음을
확인하고 안심하기 위한 것

거울의 사방을 둘러싼 커튼의 무거움은 이제
할머니의 것이 된 브로치들을 더 외롭고

더 환하게 만든다

이것을 고를 때 미국의 태양 아래서 이탈리아의
어두운 인파 속에서 당신 생각을 했어 이 진주가 토
파즈가 호박이 단순한 사랑으로 손상된 당신 얼굴
빛과 잘 어울릴 것 같았어 같은 말들을 할아버지는

할머니에게 해준 적 없고

할머니는 단지 사연을 알 수 없는 곤충들의 광채를 화장대 곁 유리 그릇에 넣는다
할아버지의 긴 시선
끝에 닿았던 브로치들은 할머니의 먼지 나는 마음에 담겨 어법에 맞지 않는 문장들을 쓰는데 대부분은

할머니의 책에
아끼는 거울에 가닿지 못한 채 그릇 안에 그대로 갇히게 된다

이후 곤충들 몇 개는 내 엄마에게
몇 개는 작은 엄마들과 잊힌 공간들에게

중요한 것들 몇 개는 나의 오래된 거울 속에

안방과 유리 그릇과 할머니의 거울 그리고 세공이 아름다웠던 곤충들은 이제 완전히 헤어지게 되었지만

할머니의 브로치 이미지가 내 삶에 주는 어둡고 투명하고 더워 지친 사랑 이야기

조용하게 살아 있는

잠에서 가끔 깨어나는 이야기는

나를 종종 따뜻하고 이상한 사람으로 만든다

my mushrooms

주택에서
입구의 분위기와 몇 가지 장식들은 가장

적은 언어로 가장 많은 것을 말한다

분위기의 얼굴이
죽은 나무와 풀들의 실루엣처럼 열어지고 있는 세계에서 목수라는 직업은 얼마나 고집스럽고 가볍고 비현실적인가

가파른 계단을 타고 내려가면 항상 과거형으로 나타나던
내가
살던 집.
그 집에 한 번

찾아든 낡음이

영원히 지워지지도 몸을 일으켜 도망치지도 않을 것처럼 그렇게 단호하게 낡아

가족들은 새집을 지어야 했다

수백 종류 나무와 수백 종류 사람들 느리게 숨이 막히는 산과 온갖 건물들 사이에 투명하게 존재하는 목수를

불러야 했다

그의 성씨는 자연주의적이었고 약간 나이 든 요정의 것 같았고 그래서 나는 그가

내가 생각해오던 그림책의 꿈을 실현시켜줄 것 같았지 노랗고 두꺼운 책장을 넘기며 보았던

현관문 앞에 반원으로 둘러 세워진 작은
통나무 조각들을

죽은 가능성들이 즐비한 마당 한가운데 선 그
팔을 걷어 올린 체크 셔츠 차림의 그는 해낼 수
있을 것 같다고 이야기했지만 어린 내가 보기에도
그는 좀 지치고 자신감 없는 요정이었다

나무와 풀들이 기대고 얽혀 금방 어두워지는 곳
에서 그는 톱을 들고 잘랐다
깎았다
어디에도 없는 그림책 속 통나무 조각들을
분위기를
훗날 이 집에 대해
그 자신에 대해 많은 것들을 설명해줄

거칠고 딱딱한 언어들을

새집의 다른 부분들까지 완성한 목수는 바깥의 어지럽고 축축한 나무들 사이로 떠났고 얼마 지나지 않아 현관문 앞 키 작은 통나무들은 이 집과 그에 대한 많은 것들을 일러주었다 그것들에서는

흰 독버섯이 빽빽하게 솟아났다 나중에는 그
흼 때문에 흼이 주는 조용함 때문에 나무의 색이 거의 보이지 않았고 가로로
찌그러진 지름을 그리며 자라나던 버섯들은 거의

흐느끼고 있는 것처럼 보였다 자연주의적 성씨를 가진 목수 해낼 수 있다고 낮은 목소리로 자신하던

무책임한 목수의 얼굴
통나무를 떠올리면 언제든 어두운 미래형으로
나타나는 버섯들 앞에서 나는

어느새 해낼 수 없는 꿈의 요청 시의
요청들 앞에

주춤하지도 않고
환해지지도 않는 고집스러운 언어

비현실적인 주택의 언어를 갖게 되었다 통나무
에 달라붙은 독버섯들을 그냥 눈 내린 아름다움이
라고 생각해버리는
망쳐진 첫 단어

첫 행을 그대로 내버려둬버리는

messy old laundry

뗄 때만 신경 쓰이고 곧 잊어버리는 오래된 이야기가 있다.

내가 태어나기 전부터 엄마가 가족들의 허물이나 날개 같은 세탁물을 맡기던 세탁소
세탁물들은 말이 없었음에도

움직이거나 세탁소 주인을 일부러
괴롭히지 않았음에도 주인은 가끔 수상하고 미지근한
비닐에 싸인 그것들 사이에 있을 때면 머리 안쪽이 울리는 듯한 느낌을 받았다. 그는
이것을 맡긴 손님들의 낮
밤
용기와

허영 걸음걸이와

버릇

들키고 싶은 들키고

싶지 않은 아니 그것들을 다시 머릿속 검은 바다에서 조용하게 흔들리는 0점으로 회수하려는

생각 슬퍼하는

얼굴을

그래 알고 싶지 않은 피부들 피부들의 낮은 소음을 너무 많이 알게 되는 사람이었다.

그곳에서는 각 손님들의 두 번째 피부를 구분하기 위해 실크로 된 흰 쪽지를 사용했다. 쪽지에

그들의 이름을 적고 은빛 호치케스로 그렇게 잠시 죽은 피부들에 달아두곤 한 것이다.

그가 반은 피부

반은 가죽인 우리 집 날개들에 쪽지를 달아주는 순간 고개 숙인 채 실크 종이에

이름을 적어 내려가는 순간을 직접 본 적은 없다. 나는 늘 뒤늦게

집으로 도착한 나의 날개

새것이 된 내 가족들 날개에 메신저처럼 매달린 쪽지를 확인했다. 가볍고 무거운 우리 집 날개들이라는 것을 구분해주던 글씨는 늘

같았다.

김장군

오래전 군대에서 은퇴한 우리 할아버지를 지칭하는

블라우스나
아이보리색 코트
성난 모직 치마에도 붙어 있던.

세탁소 주인은 할아버지와 이웃다운,
동네의 빛과 구름들 움직임이나 골목의 자유를 공모하는 관계를 맺은 적도 서로의
날개를 들여다보거나 은밀히 교환하여 입어본 적도 없는데

그는 그 자신이 모든
실크 쪽지에 반복해 적던 할아버지가 더 이상 새

로운 날개를 필요로 하지 않을 때

몇 벌 밖에 되지 않는 옷장의 날개들조차 맡길 필요가 없어졌을 때 그러니까

할아버지가 제복처럼 뱃지 형태의

작은 훈장들처럼

깨끗하게 세탁된 스스로의 마지막 날개와 함께 나무 관에 들어갔을 때에도

쪽지에 적는 단어를 바꾸지 않았다.

김장군

을 정말 김장군 그
자체로 보이게 하던 날개
당분간 다시
날 수 없게 된 김장군의 다 식은 날개 앞에 그는 초대받지 못했지만

열기로 가득한
머리 안쪽을 울리게 하는 세탁소의 너무 많은 날개들 사이에서
그것들과 구분되는 단 하나의 허물 단 하나의 날개가 지상에서 영영 사라져버렸다는 걸 그냥
알게 되는 방식으로

그는 그가 잘 알던
특정한 그 소음이 사라지는

꿈을 느꼈고 그는

일했다.

끊임없이 올이 나가고 더러워지는 우리 가족들
의 갖가지 날개 끄트머리에 은빛의 김장군

쪽지를 여지껏
달아주는 방식으로.

천국의 개들

생각 속에서 실수할 때가 있다.

생각 속 마당

생각 속
무덤 생각 속
강아지들 사이에서 내 강아지들을,

여름에도 겨울에도
집 밖에서 버섯이나 잡초처럼 아무렇게나 자라던 내 강아지들을 지워버리는 것이다.
내가 너무

어릴 때 키우던 개들이 여전히
내가

너무 어릴 때

죽었을 경우.

등과 배가 따뜻한 잡초를 씻겨보거나 잡초의 발치에 밥을 주거나 잡초와 느슨한 우정

부드러운

흰 페인트의 괴로움에 집어삼켜지는 현관 외벽의 이미지를 나눠볼 만큼

딱 그만큼 내가 크기도 전에.

이제 나는 세상 모든 강아지들 앞에서 걸음을 멈추고 자세를 낮춰 어지럽게 꼬인 색색의 털을 쓰다듬곤 한다. 버섯

특이한 여름 잡초

같지 않다. 강아지가 아닐 리 없는 확신의

강아지들이 내 손등을, 이미 희미한 여름과 겨울을 모조리 핥을 때까지 내 몸은 길

한가운데서 지워지고

나는 그런 슬픔과 즐거움, 어둠의 시간을 좋아한다. 그 정도는 큰 것이다.

그러다 누가 *연덕 씨, 강아지 키워본 적 있어요?* 물어보면 태어나 한 번도

키워본 적 없는 것 같다고 생각해버린다. 모르는 밭 모르는 과거 모르는

세계가 잴 수 없을 정도로 넓게 펼쳐지는

깨끗한 느낌과 함께, 키워본 사람들이 부럽다는 생각까지 하는 것이다.

*

존John과 벤지Benzi.

마당에서 키우던 강아지들의 이름. 희고 귀여운 독버섯 모양으로 뻗친 털을 갖고 있던.

땀과 먼지가 지루하게

행복하게 엉겨 붙어 있던.

별다른 이유 없이 동물과

식물이 서로의 몸을 바꿔 쓰는, 잠들고

다시 깨어나 살아가는, 이 민족적인 야생과는 어울리지 않는 깜찍한 이름이었지

라벨로 잘 정리되어 있는 수납장 속 신발이나 총, 리본의 이름 같았어

내 이름은 강아지들과는 다른 방식으로 주어졌고 그래 내 이름의 다소 투박하고
그늘지고 황량한 운명이

손질되지 않은 마당, 손등이 다 부르트는 영원한

자연에서만 지내온 것 같은 내
이름이 나를

존과 벤지로부터 갈라놓은 것일지도

연덕 씨, 강아지 키워본 적 있어요?

아뇨, 아이와 강아지가 무언의 추억을 켜켜이 쌓아가는 그런

자연스럽고 세련된 장면을, 풀과 꽃과 돌이 잘 정돈된

정원을

그리움을 만들지 못했다

아 있어요. 여전히

생각 속에서 실수할 때가 있다.

*

존은 2001년 겨울

벤지는 2003년 여름. 잡초 밑의 흙과 뒤섞인 미
지근한 차원의 뼈가 되었고 뼈는

버섯과 온갖

창백하고 기다란 잡초들 사이에서도 이제야 완
전히 강아지의 것 올바르게 멈춘
시간의 것으로 보였지만 서서히

형태와
입체감을 잃어갔을 뼈는 가루가 되어

조금 자란 내 머릿속 마당에 싸리눈처럼 약간만 흩어져 있을 뿐이다.

모르는 사이 다 써버린 수납장 속
리본들처럼.

느낌만 남은

행복함처럼.

하지만 오빠 방이었던 맨 끝 방까지 걸어 들어가 서랍을 열었을 때
존과 벤지의
뼈는
오빠 서랍 속 높은

눈 언덕이 되어 쌓여 있고 언덕은
아무도 오르지 않아 깨끗했고 그건
수없이 이어져온 오빠의
모든

기록적인 여름 속에도 잘 녹지 않았는데

2001년과 2003년, 그들을 오빠가 뒷마당에 직접 들고 가 묻었기 때문이다.

목사가 되려던 오빠는 강아지들의

정돈된 천국에 대해
강철 같은 천국의 풀밭과 강아지들의 새로운
이름에 대해 상상해보았을 것이기 때문이다. 생

각 속에서도 실수하지 않는 오빠는

가루 이전의 뼈

뼈 이전의 버섯

잡초들

귀여운 추억들도

그대로의 강아지로만 보았고 아직

실물의 그들을 언덕에서 쓰다듬을 수도 있었다.

*

땅이 어찌나 얼었던지 삽이 부러졌었어. 삽을 쥐었던 장갑까지 다 망가질 정도였지. 눈 오고 다음 날 존이 그렇게 됐는데. 망치랑 정이랑 들고 두 시간 동안 땅을 쪼갰던 게 기억 나. 날이 맑아서 해가 정면으로 내리쬐었고…… 언덕에 눈 내린 지가 얼마 안 되어서 하얗게 쌓여 있었어. 누가 밟은 자국도 없이 그렇게 하얗게. 그때 햇빛 속의 존을 봤는데. 존 털색 알잖아… 털이 갈색이면서 구릿빛으로 빛났어. 힘이 풀려 가만히 누워 있는 것처럼 보였지. 혀를 빼거나 이빨을 드러내지도 않고. 자는 건지 아닌지 알 수 없을 정도로. 옆으로 축 늘어져 행복한 꿈을 꾸는 모습이었어.

존이 묻힌 겨울이 지나고 벤지는 시름시름 자주 앓았어. 제일 좋아하는 우유를 따라줘도 우유 위에 흙을 끼얹으면서 나름의 시위를 하기도 했었지.

벤지는 여름에 묻어줬는데. 잡초들 사이에서 모기를 잡아가며 땅을 팠던 것이 떠올라. 산짐승들 들짐승들 파먹지 말라고 무덤 위에 양탄자를 올리기도 했어. 할아버지가 꺼내주신 양탄자였지. 양탄자 위에는 벽돌도 올렸고. 기념으로 나무도 조금 심었다. 마지막으로는 마카로 개들 이름을 썼던 것 같아.•

*

생각 속에서

실수할 때가 있는 나는
내 머릿속 마당 여기저기 강아지들처럼 자라난 잡초들을 따라가보는 대신 아무것도
남지 않은 앤틱 수납장을 열어보는 대신

맨 끝 방에서, 문간 멀찍이서 오빠의 눈 언덕을 바라본다.

조용하고 부드럽게 솟은

올이 나간 양탄자들이 보인다. 양탄자 사이로 질서 없이 뻗어 나온 줄기와 이파리

바람

모이고

움직이는

가느다란 뼈들.

잴 수 없을 만큼 넓게 펼쳐진 그 언덕에 내 발자국을 내거나 삽을 들고 함께 땅을 파거나 오빠만큼

선명하게 추워하기

더워하기는 할 수는 없다. 그건

존과 벤지의 다른 무게

예배하듯 순간적으로 머물던

다른

빛을 목격한 사람만의 것이기 때문이다.

*

존, 벤지, 연덕

그곳에서는 이런 이름 같은 건 중요하지 않을 거야. 아무리 어린 사람도 실수하는

어른도

강아지들과 아프고 이상한 기억 하나쯤 다시

만들 수 있을 거야.

*

사람들에게 천국을 이야기하기 위해

미국으로 떠난 오빠는 미국에서도 갖가지 종류의 강아지들을 만날 것이다. 자세를 낮추고 도시에

날 선 태양에

달구어진 털들을, 따뜻하고 구체적인 천국을 쓰다듬을 것이다. 너무나 잘 알던 세계가 눈앞에 다시 펼쳐지는 뻐근한 느낌과 함께,

그러나 한 부분은 꼭 지워지는 느낌과 함께,

Have you ever had a dog?

질문을 받기도 할 것이다.

• 시차를 넘어 통화로 전해 들은 오빠의 목소리. 열일곱에 쌓이기 시작했던 오빠의 눈언덕은 오빠가 마흔이 되어서까지 조금도 녹지 않고 형태를 유지하고 있었다. 언덕에 한꺼번에 눈부신 빛이 비쳐 들어와 이 이야기를 들을 때면 나도 눈을 살짝 감아야 했다. 그래도 그만큼의 빛이 강아지들과 나 사이에 남아 있었다.

3부

산과 바이올린과 피아노

산속에 묻혀 있던 우리 집에서 언니는 한밤중에도 바이올린을 켜곤 했다 언니 방 방문에는 검은색 니트를 입은 카라얀 포스터가 붙어 있었고 나는 언니가 활을 꺼내 송진을 문지를 때마다 그 지휘자 옆으로 사라져버릴까 내가 모르는 부드러운 흑백의 세계로 언니가 사랑하는 외국으로 빨려 들어갈까 무서웠다 언니 방 바깥으로는 창문과 너무 가까이 뻗어 자란 나무가 있었는데 언니가 높은 음을 켤 때마다 잔가지는 이곳으로 들어오기라도 할 것처럼 그리고 들어오기만 하면 기진한 채 가만히 누워있기라도 할 것처럼 조금씩만 떨리곤 했다 가지 몇 개가 어둡게 움직이며 만들어내는 그림자에 어린 나는 활 몇 개가 동시에 움직이고 있는 것 같은 어지러움을 거칠고 고집스러운 흑백의 사랑을 느꼈다 비가 오거나 눈이 와도 바깥의 모든 소리로부터 차단된 우리 집에서의 무성한 연주는 계속되었다 오빠 방 뒤편으로는 꿩이나 두더지 날것의 빛이 자주 나타나는 허허벌판이 있었는데 그것들이 오빠의 피아노 연주에 큰 영향을 주지는 않았다 야생동물들이 자기들 발끝으로 빠르고 미묘한 날갯짓으로 악보의 음표들을 약간 흐릿하게 쪼아 먹는다거나 비나 눈이 만들어낸

긴 상처에 의해 도굴된 빛이 악보 전체에 뛰어들어온다거나 하는 식으로 말이다 다만 키 큰 잡초들은 꼭 사려 깊은 음악에 굶주린 사람들 다른 세계로

한순간 건너가고 싶은 사람들 같아서 밤새 피아노의 너그럽고 산만한 음률들을 기다려온 듯해서 오빠는 태어날 때부터 자신을 방해하고 이해해준

그 차가운 땅 자신의 악보와 이상하게 어긋나는 땅을 뒤로 하고 기나긴 연주를 이어나가곤 했다

언니와 오빠는 가끔씩만 함께 연주했고 남매의 연주를 어디에도 전달해주지 않던 인왕산은 산자락 입구에 꽃잎이나 낙엽으로 조금 떨어져 있던 선율들마저 흡수해 오래
쥐고 있다가 내가 조금 컸을 때 건네주었다

나는 언니와 오빠의 투박하고 투명한 악기 나뭇가지와 두더지와 흙냄새가 묻어 있는 악기를 반씩 물려받아 같은 집에서 바이올린도 피아노도 연주했으나
그들의 연주를 지켜볼 때만큼의 아슬아슬한 즐거움과 슬픔은 좀체 느낄 수가 없었다

오랜 시간이 지나 언니는 카라얀의 흑백 객석으로 오빠는 외로운 사람들로 가득한 잡초 밭으로 사라졌다 내가 충분히 클 때까지 나를 기다려준 언니와 오빠는 내가 보고 있지 않을 때 산속으로

산 밖으로 나갈 방법을 쉼 없이 연구했던 것이다 산과 최대한 멀어지는 것

더 가까이 파고들어가는 것이 그들에게는 다르지 않았다 그들의 음악은 그런 것이었고 나의 음악은 이 모든 사라짐을 집요하고 구체적인

사랑을 기록하는 것에 있었다

sparkle

이 장면은 항상
해와 그림자가 기쁨과 후회가 같은 빈도로 길어지던 여름 한가운데서 시작된다

의대생이었던 언니 방 책꽂이에는 분홍색 펄 조각이 섞여 들어가 아름답게 반짝이는 손 소독제가 있었고 언니는 초등학교 2학년이었던 내게 가끔 그것을 나눠주곤 했다 줄 중간쯤에서 배급을 기다리는 사람처럼 어두운
물가에서 금붕어를 잡아 손바닥 안의 금붕어를 바라보는 사람처럼 표면이 약간 흔들리고 있는 손을 모으면
안에
부드럽게 고이던

내 것 아닌 느낌

바로는 아니지만 그래 지금 당장은 아니지만 천천히 내 것이 되었으면 하는

언니로부터도
각종 의학 서적과 너무나 조용한 기출 문제집들이 꽂혀 있던 언니의 책꽂이로부터도 멀리

떨어져 있는 곳의 문을 열어

살짝만 엿보고 바로
닫아버리려고 했는데 정말 그러려고만 했는데 나도 모르는 새 문간 바로 앞 기나긴
계단 아래로 떨어져버리는

온몸에 계단의 이야기와 먼지
얼룩이 묻어
이제 없던 일로 할 수 없게 되어버린, 행복하게 자포자기해
긴장이 풀어지던 그런

느낌

손바닥과 손등에 반짝이는 손 소독제를 펴 바른 나는 그곳에 자리를 잡고 앉아 언니
책꽂이에 꽂혀 있던 기출문제집들 가운데 생각보다 덜 위협적인 인상을 주던 것 얇은 것
해가
반대로 들어 파랗게 그늘진 데 꽂혀 있던 것 가장

말이 없던 것을 한 권 뽑았다 『의사 국가고시 정신과 기출문제집』

바람이 불어 언니 방에 면한 창에서 나뭇가지가 거세게 흔들리는 소리가 들렸지만 저녁 나절 가족들이 방 밖을 분주하게 오가며 움직이는 기척이 느껴지기도 했지만

계단은 오가는 사람이 거의 없어 집중해 나는 그것들을 읽어낼 수 있었다 이곳과는 다른 저마다의

느리고

가파르고 복잡한 계단 그곳으로 내려간 이상 이제 먼 곳으로 이어지지는 않는 나선형의

계단을 오르내리는

그러다 그 계단에서 잠을 자고 밥을 먹고 TV를 보거나 계단과 이야기를 나누고

아이에게

손쉽게 잡힌 금붕어에 관한 책을 읽으며 하루를 보내는 사람들의 이야기를 읽으며

이름보다 구체적으로 기록된 그들마다의 계단을 떠올리며 나는

실수로 열어버린 나의 계단 그리고 상상으로만 빠져나올 수 있는 문간을 나선 뒤에도

언니 방 방문을 닫고 나와 가족들과 저녁을 먹으면서도 지는 해로 불타는 하늘 아래서 산책을 하면서도

그 사람들을 사람들의

알 수 없는

얼굴과 이름을 생각하게 되었다 그건 언니의 손 소독제 통에 담긴 분홍색 펄 조각이 내

손에 닿을 것을 기대하며 자연과 몇 가지 감정과 바람에 취약한 언니 방에 들어서던 순간과

그러니까 두근거리면서도 뭔가

잘못한 것 같은

그늘에 의해 방이 순간적으로 어두워지는 그런 비현실적인 순간과 비슷하면서도 아주 달랐다

언니 방 창문 밖으로 창에 너무 가깝게 심긴 나

무가 더 세게 흔들린다 여름 바람이 이렇게나 강할
수 있다는 것이 믿기지가 않는다

책꽂이 한 켠에 놓인
내성적인 요정의 것 같은
정지된
아름다운 손 소독제가 그 방의

푸른 빛에 잠긴다

나는 아직도 기출문제집에 적혀 있던
몇 개의 사례들
처음 가까이 다가가보았던 나선형 계단들을

그 종류와 느낌을 기억해 말할 수 있지만 내가

빠져들어 간 이야기를 위해 다시 그해 여름이 초등학교 2학년이 되어갈 수도 있겠지만 그렇게 하지 않을 것이다

책꽂이 주위로 떠다니는

대낮의 먼지

곤두선

사라지는

나의 문간과 계단

시간이 지나 더 실용적이고 아름다운 외형의

향이 더 세련된
결쭉한 액체와 반짝이들의 결이 자연스럽게 구현된 손 소독제들이 유행했지만 나는

언니가 갖고 있던 것과 완전히 똑같은 소독제는 본 적이 없다 나에게
그런 슬프고도 어긋나는 느낌을 주는 책은

구슬과 번개

가끔 겪는 충격에 대처하는 자세가 나의 오랜 내
구성을 보여주는 것 같아

통유리로 되어 있던 거실의 창은 아름답지만 너무
얇아 천둥 번개에 쉽게 흔들리곤 했다 번개의 빛이

유리를 관통해 들어오면 커다란 바위 덩어리 같
던 거실 전체가 갑자기 환해지곤 했는데

가족들은 약간 다른 시차로 번쩍이는 애써 웃는

서로의 얼굴을 입구가 넓고 끔찍한 서로의 꿈속
을 들여다보듯 바라보곤 했는데

거실에 놓인 자라 박제와 자라 눈에 박힌 싸구려

구슬에도 번개는 같은 세기로 떨어졌다

구슬은 가족들의 피부나 얇은 거실의 창

조용한 죽음 같고 바위 같은 소파와 달리 자기만의 방식으로 번개에 대항하는 힘을 갖고 있었고

그것은 날이 개고 모두가 기진한 아침이 왔을 때 자라의

눈이 여전히 전날의 충격으로 반짝이고 있는 것을 보면 알 수 있었다

구슬의 내구성은 잠깐 꾸는 꿈에도 현실에도 적응하지 못하는 데 있었다

낮의 옥상

흰 페인트로 칠해진 옥상은 지붕 위에서 너무나 우아하게 앉아 있는 사람 같았고 할머니는 모직 커튼이 쳐진 낮의 방에 앉아서도 계절마다의 마당을 걸으면서도 거울 앞에서 지루하고 만족스럽게 화장을 고치면서도 옥상에서 온갖 어두운 곤충과 꽃과 나무들을 내려다보듯 모든 방면에서의 우아함에 대해 생각하던 사람 겹겹의 우아함으로부터 한 발자국만 벗어나도 우아함의 크고 복잡한 복도에서 약간만 길을 잃어도 햇살 속 부드럽게 떨어지는 지붕 아래서 괴로워지는 사람이었지 흰 분으로 유지되어야 할 자신의 얼굴이 우악스럽게 터져 나오거나 터져 나오지 않는 자신의 언어가

집 그늘
몇 뭉치 먼지와 함께 일어나

축축한 그림자에 빠진 몸을 조금씩 뒤척이는 것 외에 창을 열고 막 들어온 꽃가루들을 털어내는 것 외에 날아가지도 움직이지도 않는 자신의 무료한 일과가 우아하지 않아 괴로운 기분이 들 때마다 할머니는 우아한 옥상과 하나가 되기로 했다 이야기다운 어두운 맥락 독창적으로 뒤틀린 맥락은 빠져 있는 약간만 극적인 상황을 좋아하던 할머니가 집 안에서 사라지면 우리 가족들은 먼저 옥상을 찾곤 했지 우아한 흰 페인트로 칠해진 옥상을

틈새가 뚫려 있어 조금 위험한 계단을 통해 올라가면 흰 분을 칠한 할머니 우아함의 복도에서 방을 찾지 못하고 헤매던 할머니는 물탱크 옆에 웅크리고 앉아 있었다 할머니에게 날개가 있지 않은 이상 아무 곳으로도 떠날 수 없었을 텐데 그는 이미 커다

랗게 가방도 싼 채였다 여기 앉아 있으면 무엇이 보여요? 나는 할머니에게 단 한 번도 물어보지 못했다 겁고

무거운 커튼 없이 낮의 햇살을 정면으로 받으며 할머니는 옥상 한가운데 앉아 있었고 옥상 아래서 그가 터트리고 싶었을 말을 그는 한마디도 하지 않았다 어느새 꽃이 시들고 곤충들이 사라지고 해가 지고 있었지만 옥상의 우아하고 흰 형체는 옥상 바깥에서만 볼 수 있었다

낮의 성벽

초소는 벽 하나를 사이에 두고 우리 집 마당과 조금 어색하게 붙어 있었다 언니는 유리문 안쪽의 거실에서 잡초가 음악의 투명한 찌꺼기처럼 아무렇게나 자란 마당에서

방과 방 사이를 걸어 다니듯 바이올린을 켰고 성벽에서 보초를 서던 군인들은 각자의 귀에 헐겁게 달린 창을 열어 아직 찬기가 묻어 있는 햇빛의 움직임을

아주 조용하게 쏟아져 들어오는 언니의 연주를 듣곤 했다 산속에 들어오면서부터 귓바퀴 안쪽에 저절로

설계되고 지어지기 시작한

따뜻하고

작은

귀의 집에서

평소 모직의 두꺼운 커튼이 사방으로 쳐져 있던

대부분 비어 있던 그들의 어두운 거실에서 언니의 바이올린 선율은 오래 머물다 가곤 했지 집이 좁아 선율은 바닥부터 천장까지 하나의 심장처럼

중심이 부풀어 다른 부분은 너덜너덜해진 낯처럼 울렸다 수없이 많은

방과 방 사이를 오가면서도 지칠 줄 모르던 음악 커튼이 반쯤 젖혀진 저 어색한 집들에 단순한

산속 공기

가득한 귓가에

행군하듯 울릴 것은 염두에 두지 않던 음악

초소와 야성적인 마당 사이를 즐거움도 군장도 없이 무심히 가로지르던 음악은

연주가 한 번 끝날 때마다 마당에 살아 움직이는

음들을 남겼다 완전히 사라지지도 늦게 열린 방에 흡수되지도 않고 남아 군인들이 애써 닫은

빛을

창을 자꾸만 흔들

산등성이에 얹힌 성벽을 따라 해가 내리쬔다

나른하게 터져버릴

반짝이는 미래를 몰래 약간 끌어와 들였던 집을 공실로 둘 수는 없는 일이었고

성벽 위 군인들은

오늘은 바이올린 연주 안 해요?

맑은 피로감으로 어제의 찌꺼기들을 주우러 가는 언니에게 묻곤 했다

나나스케*

여름에 들어온 단지는 늦가을에야 열 수 있었다 내세의 음식처럼 무겁고 어둡고 반만 잠든 듯한 저것은 무엇일까 더위에 지쳐 단지 안에 몸을 욱여넣은 채 정신을 잃은 저것은 꿈속에서도 어딘가에 갇혀 실내의 볕을 견디고 있을까 여름은 어린 사람이 지닌 미움과 사랑 고립감의 대부분을 태우며 지나가고 그해 나의 마당은 너무 많은 여름의 불길 속에서 조용히 좁아져가고 있었다 태워지는

날아가는

모든 것들의 색은 희었다

불타는 원 안에 갇힌 꿈에서 깨어 눈을 떴을 때 베개와 두 팔이 차가웠고 나는 집 안에서 그저 투명하게 이글거리는 마당을 바라보며 아무것도 하지 않고 보내는 날이 많아졌다 더는 오지 않을 것 같은

다음 계절에 대한 생각도 단지에 관한 물음에도 시들해질 즈음 엄마는 술지게미가 묻은 부분을 걷어내고 씻고 물기를 짜내 이미 지칠 대로 지쳐 있는 미래의 음식을 썰어주었다

편안한 느낌을 주지는 않는 소파 오래되고 딱딱한 거실의 회색 소파에 앉아 텅 빈 마당을 바라보며 잠에서 완전히 깨듯 차갑게 떨어지는 가을볕을 맞으며 나는 말없이 그것을 먹었다 그것이 견뎠던 많은 꿈들을 여러 방향에서 선명하게 솟아오르는 밤을 마당을 어린 불을 맛봤다 내년 여름에 다시 태어나도 내가 저 고요하고 부드러운 흐름에 대항할 만큼 강해져도 나는 이것을 먹을 운명인 것 같았다 작년보다 어려지고 싶은 건 도무지 이것을 먹기 싫은 건 아니었다 스스로 밖에 나가지 않는 나를 눈에 띄

게 말이 줄어든 나를 채근하는 어른은 집에 아무도
없었고 무엇인가 희게 타들어가는 지루한 오후는
계속되었다

* 울외장아찌.

앵두 따기

우리 집 마당에서 가장
예민하고 투명한 껍질로 이뤄진 사랑인
앵두를 따러 갈 때마다 어린 나는 가족들과 함께
플라스틱 바구니를 들곤 했다 바구니는 짜임이
너무 흔하고 성기고 가벼워
날아간 지 얼마 되지 않은 얇은
영혼마저 담을 수 있을 것 같았고
바구니를 집으로 들고 가는 사이 잠에서 덜 깬
어린 영혼과 앵두 중 무엇이 먼저 떨어질지
즐거워하고 아슬아슬해하며
껍질이 부드럽게 터져 죽는
형태를 상상하면서
수많은 미래의 사람들과 사랑하고
본 적 없는 마당에서 헤어질 수 있을 것 같았고
붉게 흔들리는 바구니를 다

던져버린 채

떠나가는 지금 영혼의 얼굴을 잘 뜯어보려 누워
버릴 수도 있을 것 같았다

말 없는 앵두나무 아래 웃는

얼굴로 서서

각기 다른 비좁음

긁아 먹힌 어두움으로 반짝이는 사랑들을

내 너그러운 바구니에 담을 때마다

낮의 테이블로 돌아와

뒷마당에서 섞여 들어온 예민한 영혼들을

부엌 수건들로 닦아줄 때마다 나는

내 사랑이 한 번에 행복해지지는 않으리라는 것

사랑에서 오는 즐거움을 내가

많이 낭비하게 되리라는 것을 알았다

낮의 서재

지나간 시간을 눈으로 볼 수 있으려면 펜과 종이가 필요하다. 서로에게 너무

노출된 펜과 종이의 마음이

공기 중에 섞이지 않게 하려면 책장과 서랍이 필요하다. 책장과 서랍을 안쪽에서

부드럽게 훈련시켜 스스로 외피를

상하지 않게 하려면

바다와 절벽

괴로운 숲으로 달아나지 않게 하려면 서재가 필요한데 이처럼

전통적인 방식으로 길들여진 자기 서재를 갖는 이는 흔치 않다. 서재에 자신을 고립시키는 이는

절벽 앞에서 눈을

감고 끝없는

옛날 장면을 가장자리부터 둥글게 마는 자는

다른 곳에서도 자기를 펜과 종이로 혼동한 채 슬픈 훈련을 계속할 확률이 높기 때문이다. 이제 찾아들 수상한

움직임의 파도로

알 수 없이 이끌리는 숲으로

가벼운 산책을 나가기조차 어려워지기 때문이다. 나의 할아버지는 볕이 잘 들지 않는 서재에 들어가

아침부터

밤까지 반복되는 뉴스처럼 느리게 추락하는 모든 한낮을

힘을 잃은 책장을

서랍을

싱거워진

과거를 두 눈으로 보고 싶어하던 사람

끝이 날카로운 종이와

옛날 마음이 섞이지 않도록

쓰자마자 기분이 들뜨고 심란해지던 종이는

심장 밑

절벽 아래로 내던지던

서재의 사람. 그가 수집한 낮은 너무 많아서 그는 좁은 서재의 불을 밝힐 생각도 하지 못했다.

서재 안 끈적한 사물들을 눈으로 보고만 있었다.

낮의 화장실

앉는다

식사를 위한 의자도
빠져드는 독서를 위한
나만의 의자도 아닌

비어 있는
조금 싫은 기분을 위한
창을 통해 들어오는 동물적인
자연광을 위한
상처 난 쇠막대 그림자처럼 구불구불 엉킨 생각을 위한 의자

엉덩이 아래로 물 흐르는 소리가 들리면 왠지 부끄럽고 가벼운 한숨을 쉬게 되는, 흰

도자기 의자

아무리 평화로운 오후여도 여기 앉으면 얼른 일어나 잡담을 즐기는 사람들에게로 자연스럽게 흔들리는 여름 풍경으로

선 자세로

나의 진짜 의자에게로 가고 싶어진다 변기는 왜 이렇게 어정쩡한 형태로 아주 아주

좋고 슬픈 재료로 만들어졌을까 왜 좋은 날 새것으로 바꿔도 옛날 것 같을까

세면대 앞에 창이 나 있어 애초에 켤 필요가 없기도 했지만 스위치로 거느릴 수 있는 몇 분간의 사

치가 궁금할 때도 있었다 손짓 한 번만으로 변기의 쓸쓸함을 지워내는 순간이

전기를 아끼던 할아버지는 낮에 화장실 전기를 켜지 못하게 했고 때문에 나는 그곳에 여러 채도 여러 차원의 빛이 섞여드는 것을 본 적이 없다 낮에는 햇빛 밤에는

놀란 전기
한 번에 한 종류의 빛만 채우며 검소하게 지내던 화장실은
해 질 무렵이 늘
충만하고 고되고 혼란스러웠을 것 같다

켜지 않아도 충분히 밝은 자연광의 무질서한
계획 속에서

가까운 미래를 얼른 밟았다가 얼른 되돌아오게 되는 이상한 감각 속에서

어린 나는 낮의 화장실에 앉아 있었지
집 안에서도 가장 구석진
세로로 긴 나무 복도를 따라 설치된

화장실의 도자기 의자도 결국 야생의 테두리 속이어서 나는

지금도 규칙적인 무늬로 삐걱이는 나뭇결 따라 마루를 걷고 문을 열고 그곳으로 들어간다 기쁨이 약간 부족한
그래서 기쁨의 원은 아직 이룰 수 없는 그런

어설픈 자세와 명도로

(부드러운 야생은 그 안에 숨어 들어가 우는 것을 겹겹의 잡초와 뜨거운 욕실 가구로서 잠깐 살아보는 것을 가능하게 하니까)

반짝이는 먼지 냄새가 얼굴을 어루만지자 심장 안쪽에서 모든 말들이 없어지고

화장실에 난 큰 창으로 한꺼번에 집채만 한 별이 들어와 바닥에 어지러운 그림자를 그린다
별은
그림자들끼리 서로 천천히 찌르게 하고 찔린 채 쉬게 하고 그것들을 화장실 안의 대야와 욕조
연식이 오래된 세면대의 기질과

뒤섞는다

창밖으로는 목표도 감정도 없는 아카시아 나무가 몇 그루 심겨 있다

쇠막대 대신 구부러진 나무들의 가지가

조금씩 다르게 상처 난 가지들의 미래가 화장실 바닥 타일에 쏟아지곤 했었지 이 집을 떠난 뒤로 내가 들어갔던

텅 비어 있었던

수없이 많은 화장실들처럼

창을 열어두면 흰색 창틀을 타고 들어온 아카시아 향이 내 발끝을 스쳐 대야 속을 빙그르르 돌곤

했다

거침

부드러움

완전히 따뜻하지는 않은 기분

아카시아가 피면 가끔 할아버지의 영혼이 변기에 앉아 자신이 택한 조도를 느끼다 가곤 한다

비좁은 불

가을에 생일인 가족의 케이크 불을 끄면서

거실 유리문 너머로 불타고 있는 단풍나무를 보았다

밤이었다

모든 것을 드러낸 채 불타는 그것을 낮에는 마음의 준비를 하고 점잖게

싸우며 바라보거나

고개를 돌려 무시하는 방식으로 피할 수 있었지만

멈춰 선 채 적막한 마당 전체를 쥐고 흔드는 밤의 불은

색 대신 느낌으로 무언가 숨 막히게 행복하고 억눌린 느낌으로 확실히

서 있었다 어둠에 잠긴 붉은색은 이미 빛깔이 너무 희미해 제대로 바라볼 수도 없었다 그것이

밤에 불타는 단풍의 함정이며 단풍 자신이 오래

이어온 힘이었다

조금 전의 촛불을 아직 기억하는 케이크를

파자마 입은 가족들과 나눠 먹으면서 타버린 초의 심지가 테이블 끝에 아무렇게나 놓여 있는 것을 발견하면서

유리문 밖을 바라보는 걸 멈출 수 없었다

가을바람에 단풍나무 잎 흔들리는 소리가 났다 밖에서 움직이는 불은 충분히

불안을 알았고

몸집이 거대했지만 그렇다고 그것에게 다른 나무나 돌들에

이 집에

불을 옮겨 붙일 만한 의지가 있는 것은 아니었다
마당이 영원히 불타는 것보다

무서운 건 느린 적막이

말할 수 없는 이 느낌이 갑자기 꺼져버리는 것

가족들은 서로 다른 이야기를 끝없이 나누며 맛있게 케이크를 먹었다

사랑받지 못한 얼룩들

어릴 적 나를 괴롭히던 기분들은 나도 모르는 새 다 타버린 것 같아

환하게 타고 있는 지금의 낮과
밤
아직 대가 단단한
꽃처럼
소리 지르는

끝나버렸음을 받아들이지 않는 기분들과 그것은 가끔은 속도를 맞추어 검은 연기를 내뿜지만

이제는 내 것이 아닌
어릴 적 살던 집에서 하던
실제의 저녁 산책들처럼

자유롭고
폐쇄적인 방식으로 이어지던
마당에 끝없이
심긴 야생 꽃들처럼

어린 나의 주위에 차가운
원을 그리며 떨어졌던 재는 대부분 사라지고
일부만 눈에 띄게 남아 나의 중심에 질서 있는 모양으로 흩뿌려져 있어
그것의

U자 형태는 1999년의 마당과 닮아 있어서
나는 언제든 다 식은 검은 재를 마신 채 그때의 여름 마당으로 들어가볼 수 있다

마당에서도 내다보이는
자주색 겨울 모직 커튼

느리게

끓기기를
흐르기를 반복하는

적막

서로 자리를 차지하려는
주황 분홍

냉정한 빨강으로 타는 해

저녁을 먹고 날이 어둑해지면 현관에서부터 뒷산까지 U자 모양으로 이어진 마당을 걷곤 했지 혼자서였는지 형제나 어른과 함께였는지는 기억에 없지만 오늘 나는 혼자

마당에서 가장 아끼고 무서워하던 꽃을 확인해보려고 한다

현관 앞 숨 막히는 간격으로 심긴 나리꽃에는 점박 무늬가 있었고 벌어진

꽃잎들 사이로 저렇게나 끈적하게 검을 수 있을까 싶을만치 검은 수술이 보였는데 나는 가족들이 과연

저것이 내뿜는 검은색 감정

티 없는 얼굴들로부터 패배한

오래
억눌린 작은 구들의 감정을

동시에 이 마당의 일부는 놓지 않은 채
내 미래의 마당까지 쥐고 흔들려는 아주
지친 모습의

연약하게
굴절된 뿌리의 감정을 진심으로 이해하고 아름다워하는가 궁금해하곤 했다 그것은 꼭 내가 걸어갈 때만 내 쪽으로 더 다가와선 나를 예의 주시하는 동물

산책을 방해하고

방해되어 상한 마음을 안아주는 이상한 점박 동물 같았지 차분한 슬픔 차분한 불 같았다 타오르는 하늘 아래 우리는 말없이 서로의 피부와 얼룩을 건너다보곤 했고 우리는 꼭

서로를 읽어내는 조용한 스트레스 같았어

산책이 끝나고 돌아오면 나는 거짓말처럼 나리의 얼룩을 잊었고 모직 커튼 안쪽에서

다 진 해를

나리의 수술처럼 검어진 바깥을 바라보았어 그리고 그 집에서 자랐던 긴 시간

나는 단 한 번도 그 꽃이 무섭다고

좋다고

곁을 지날 때마다 왠지 숨을 참게 된다고 이야기

한 적 없었지

살과 피로 정성스레 부서진

켜볼까
나른한 고통에
한밤중 으스러진 사랑에
스위치를 켜볼까

시청해볼까

나무도 어깨도 피도
둔중한 어둠에 잠긴 안방

일과를 마친 할아버지가 켜둔 것은 언제나 NHK
스모 경기 방송이었고 나는
차렵이불을 계단 삼아 오른

좁고

높은 이불장 안에서 비슷비슷한 인상의 그 선수들을 보았지

지워지지 않는 빛나고 괴로운 장면을 두고 경쟁하려는

시간들처럼

고된

조용한

숨 막히는 시간들의 표정 관리처럼 벌거벗은 두 사람은 흙으로 만들어진 거대한 원 안에 들어가 있고

훗

흠

훗

장면 하나 장면
둘
직접 넘나드는 몸이 내는
최소한의 소리

피 흘리는 산과 같은 소리를 내며

육중하게 출렁이는 시간들끼리 부딪치는 광경을
지긋지긋한
소원을

푹신한 살 안쪽에서 섬세하게 부서지고 있는 피를 어린 내가 본다 어느 쪽을 응원할지 그래서 미래에 어느

유형의 여자로 클지

뻔한 삶에

저 경기장 안으로 들어와 무참히

고요히 싸울 것을 요구하는 사랑에 어느 정도 관여할 것인지 마음도 정하지 못한 채

넋을 잃은 어린 내 얼굴은 구식 텔레비전의 빛을 받아 푸르게 흔들리고

거의 움직이지 않는 할아버지의 어깨로 인공 빛 무리가 번진다

피한다습격한다거의넘어트리며잊는다잊어간다됐다그래이제다되었다싶지너무쉬운것같다그런데살집있는기억버틴다다잊기직전인데내가이기기직전이었는데저것이조명아래몹시치욕스레넘어지려는참이었는데온몸으로날누르며끝끝내넘어지지않는다잊히지않는다아니야아니야다시뛰어들어가온몸으로밀친다거의넘어트린다이제는됐다정말로됐다잊

는다잊은거다그때출렁이는기억이다시신선한빛처럼날밀치고때려눕힌다부드러운살이늘어지는살이강한타격이나를가만두지않는다잊히지않아그래잊히지않는거구나시야가흐려진채기진한채경기장과정신의빛아래이상하게평온한채다리가후들거리는나는눈부시다졸리다마지막으로나는다시일어나…

쉿

저거 봐라. 할아버지가 그제야 날 돌아본다

한 선수가 넘어져 온몸에

푸석한 흙이 묻는다

일제히 멈춘 숨 그의

피부 밑에서 오래
지내온

빛

피

구체적으로 어지러운 시간들

송출된 화면 속 관중은
앞으로 내가 만나게 될 수치만큼

다정한 허무만큼 많았어

그날 할아버지와 나는 같은 것을 보고 있었을까

어느 쪽을 응원할지 정하지 않고
몇 시간 뒤면 밝아질
영영 밤일 것만 같은 안방의 조도에 속으며 이미
죽은 채 다가올 장면을 털 빠진 미래를

받아들이고 있는 줄도 모르는 채 받아들이며 즐거워하고 지루해하고 슬퍼했을까

이불장 위에 올라 함께 스모를 보던
푸른 얼굴 어린 나만 아는
할아버지는
내가 핵심적인 사랑을 시작하기 전 이 방의 전파와 함께 사라진 할아버지는

내가 원 안에서 쏠리고 넘어지는 여자 어른으로 클 줄은

승부 앞에 이렇게
나른해할 줄
전통적일 줄은

사랑 때문에 비굴한 말을 하게 될 줄은 몰랐다

온몸에 흙 묻은 나 자신

조명 빛을 받아 잠깐 반짝이는 내 몸의 흙무더기들을 끝까지 시청해볼 줄도

할아버지의 어깨로는 여전히 텔레비전의 푸른 빛이 지지직거리며 일렁인다 경기가 끝날 때까지 한 선수가 넘어질 때까지 할아버지는 이쪽을

돌아보지 않고

어린애들만

혹은 몸이 정성스레 으스러진 어른들만 들어갈 수 있는 그 이불장에서

나의 피가
시간이 계속해 흐른다

4부

새가 되어

누군가의 부모

아내

친구도 상사도 아닌

딸로 이어진 자만 가볼 수 있는 곳이 있다.

그곳은

미끄럽고 삐걱이는 마룻바닥이 아빠의 머리 전체를 위층처럼 쥐고 흔드는 곳이며 내가

세상에 태어나기 전 지어진 탓에 외벽과 철골 군데군데 덮인 안개에

강당도

가정집도 반만 드러나 있지만

정확히는 그려볼 수 없는 날씨와 조도

어린

턱에 드리운

그림자의 각도 속에서도 여전히

정확한 시간을 지키며 터지는 굉음이 있다. 마주한 사람을 정면으로 찌르는

흰빛이 있다.

*

1972년 경복고등학교 강당 단상. 교복을 입고 마이크 앞에 선 아빠는 자신이

무언갈 이토록 강렬하게 원할 수 있다는 것이 놀라울 정도로 흥곽이 마음을 아프게 누를 정도로

성악가가 되고 싶다.

마룻바닥으로 올라오는

상냥한 먼지의 입자들 속에서
자연물처럼
먹이 앞의
아기 새처럼 입을 크게 벌린 채 노래하는. 남진과 사운드오브뮤직과 이탈리아 가곡을 숨 가쁘게 오가며
봄밤의 아빠는 노래를 거의 먹기 직전이다.

강당 전체에 헐떡이는
전기로 정말이지
달려오는 속도가 좀 다른 중요한 순간이라는 직감으로
행복감으로 그래

어디

못 가게

그렇게 거의 멈춰버릴 수도 있을 것 같았던, 지금 1초를 지나는 조명 빛 빛의 납작한 머리 누르며 2초를

지나는 반주 3초 뒤 닫혀버릴

새와 같은 입 모양

1972년에서 줄곧

버티려는 초라면 그게 몇 초든 다 검고 상냥한 폐기물장과 같은 과거로 순간순간 합쳐져 던져지게 되는

현재라는 기쁜 슬픔

이 기쁨의
골같이
슬픔의 골같이 높은
마지막 음을 향해 다시 입 벌렸을 때

머리 위쪽이 무언가 견고하고 좋고 전문적인 재료들로 완성된 느낌으로 무거운 아빠.

강당 밖 어둠에 잠긴 꽃나무가
노래가

눌린 흉곽 속 느리게

마구잡이로 흔들리고

아빠는 여전히 영원히 멈춰져 있을 것만 같은 무대 위 조명에 눈이 부시다. 아기 새가 되어 가지에 비스듬히 매달린 노래

몇 초 내로 완벽히 터질 노래가 서서히

자기 성대에

다가오길 기다리던.

*

몇 년이 흐르고. 언제든 정오가 찾아드는 경복고등학교 강당의 단상은

아마 얼룩덜룩한 햇빛에 싸여 비어 있을 것이고.

지속되는 단상에

지치고 기쁜 흥곽의 단상에 더는 서지 못한 아빠가 그걸 상상해본 적은 없다.

책상 위로 1975년의 먼지 입자들이 흩어지고

성악가가 되고 싶었던 아빠는 노래하는 대신 산새들에 둘러싸인 가정집에 앉아 있다.

대학생의 무료함이

입자들의 느슨한 체념이 아빠 얼굴을 밋밋한
벌판처럼 보이게 한다.

참 이상한 집이야 여기 앉아 있으면 머릿속 방 한 칸에 새들 몇이 꼭 세 들어 사는 기분이지

새들의 날갯짓
우는 소리 웃는
소리
사는 소리로

집은 온통 구멍 뚫린
노래로
조용함으로

신경이 쓰이지.

방금 전 울었던 새
새소리가 곡선으로 부드럽게 곤두박질쳐 들어간
폐기물장에서
지나가 섞여버린 소리들의 검은

골 안에서

여전히 아빠는

먹고 싶었지.

아빠는 노래를 정말 점잖게

정확하게

게걸스럽게 먹어치우고 싶었는데 아빠의 부모는 아빠에게 뜻 없는 미소 짓듯 그리고 조금씩 그 미소를 거두듯 아무런 이유 없이 성악 공부를 시켜주지 않았어.

거둔 미소를 엉뚱한 곳에 풀어내듯 산에 둘러싸인 산새들의 집으로 이사 와버렸다.

봄밤의 강당에서 머리를 누르던 좋은 재료들의 정체를 아빠는 이제야

관찰한다 눈으로 볼 수 없는 자기의 젊고 오래된 정수리를. 노래가 고여 계단과 층을 이루고 지하를 이루고 오색 창문을 이뤄 그 어린 노래가 평생 살 수 있을 만큼 쾌적하고 넓은 평수의 집이 되어버렸는데 이제 거기 살 수 없는 노래를.

정수리가 아플 때만 가끔
흔들리는 빈집을.

강당 밖 꽃나무를 노래로 어두운 행복감으로 쪼개던 고등학생은 이제 없고

그래서 관찰한다 그는 눈앞에 보이는 저 새들의 부리를

날개를

때때로 무료해 보이는 야성적인 얼굴을.

먹고 싶어 하는 어떤 부리들을 내 방에서 쉬게 할까 창에 투과된 여러 음향의 빛 흉곽을 위로하는 따뜻하고 슬픈 빛 속에서 어떤 날개들이 마음껏

뒤척이게 할까

*

젊고 무료한 아빠가 새 한 마리 머리 위로 들여오기도 전에 그래서 진짜

미소 짓기도 전에

아빠 눈앞의 거실,

부모가 매입한 산속 집
거실에 난
믿기지 않게 투명하고 거대한 강화 유리문에 저
꿩이 날아와 부딪친 건
꿩의 눈이
자연의 상처처럼 커진 건
유리가 완전히 부서져
소파와
장식장
1초와
2초로

현재로

퀭한 과거로

검은 피가 번진 건

마당에서 창 마룻바닥 안쪽까지 오래오래 산산이 찢기는 노래처럼 그렇게 흩어졌던 건

축 늘어진 꿩에게서 소리가 흘러나온 건 순식간이었다고 했다.

아빠 혼자 목격한 소리는

잠깐

흰빛을 냈고

금방 다시 꺼져버렸다고 한다.

*

안전하게 치우면 파편은 한 조각도 남지 않게 마련이다.

*

질퍽질퍽한 폐기물장을 온몸으로 기어오르고 뛰쳐나와 홍곽에 스스로

실금을 긋는 유리 조각은 제외하고.

*

아빠는 이후 은행원으로 오래 일했다.

그로부터 이중으로 꼭 닫아둔 불투명한 거실의 창에 다른 꿩이 부딪치는 일은 없었고

아빠가 머리 위에 이고 있던 집에 노래도

새도 살러 오지 않았지만

가끔 아빠는 그 집에 실금만 한 빛이 들어오는 것을 본다. 숨을 크게 쉬고 천천히 내뱉어 흉곽이

들썩일 때마다 여전히 미끄러운 강당의 마룻바닥이 바람에 혼자 삐걱일 때마다

낮의 크레페

보살핌에 가끔씩만 열중할 수 있는 사람. 나는 그런 사람을 사랑한다.

할머니가 요리를 좋아했는지 좋아하지 않았는지는 지금도 모른다. 기분에 따라 요리하거나 요리하지 않았던 할머니는

가끔 그냥

그냥 할머니가 되고 싶어질 때

죽어서도 나른할 아주 단순한 우아함을 지닌 할머니가 되고 싶을 때

좋은 기분일 때

달걀과 밀가루를 꺼내 부엌으로 간다.

자, 호떡이다.

할머니는 맛이 부드럽고 피리 형태로 얌전하게

말린 자기 음식을 그렇게 부른다.

호떡

하고 발음하는 할머니의 입은 누군가를 몹시 오랜만에 보살펴본 사람의 얼룩덜룩한 의기양양함으로

눈부신

자신 없음으로

죽어서도 앞치마나 부엌 테이블 끝에 뭔가 커다란 반죽을 묻혀버린 것 같은

그걸 혼자서만 모르는 된소리로 벌어지고

나는 빛이 나른하게 쏟아지는 할머니의 안방 안에 들어와 소반 위의 호떡을 먹는다.

조금씩

조금씩 쪼그라드는

단순한 원의 형태를 잃어가는

안방 안의 빛.

나는 항상 피리 소리에 비해 피리 부는 입과 피리 부는 입술이 아름답지 않다고 생각했다. 할머니가 되고 싶지 않을 어떤 할머니에 대해 생각했다. 하지만 여전히 호떡 외에 다른 이름으로는 부를 수가 없다.

크레페라는, 외국의 계단이나 무용처럼 아름다운 이 음식의 이름을 알게 되었을 때에도.

낮의 장식장

장마가 계속된다. 아치 모양의 유리가 끼워진 장식장에도 빛이 들지 않고
그 안의 싸구려 물건들은 부드럽고 거대한 여름 그림자 속에 잠자코 있다. 어쩌면, 언젠가
내가 모르는 새 죽었던 것처럼 보여도 아직

죽지는 않았다. 여백도 없이 켜켜이 쌓인 그것들은 대부분 할머니의 것.

공장에서 찍어낸 어정쩡한 장식품이
이 세계에 대한 집중력을 벌써 잃어버린 장식품의 크고 반짝이고 무서운 눈이 주는
위로가 있다.

사랑이니 꿈이니

다른 식의 질주니 나도 이제 기대를 걸지 않는다. 다른 사람이 되어 다른 성품으로 잔잔하고 굉장한 사랑을 하고 노란색 주황색 저녁을 누리고 다른

집에서 다른 죽음을 맞게 될 확률 내 삶에 존귀한 장식품이 들어올 만한 문은

아주 오래전에 닫혔다.

지속되지 않아도 좋아. 싫증나도 금방 끝나버려도 좋다. 마음 빼앗길 만한 거라면 그게 뭐든 찾고 보는 얼굴. 눈에 영혼이 없거나 값이 싸면

쌀수록 좋고.

어릴 때는 생각했다. 할머니 왜 저런 걸 모으며 좋아했을까. 싸구려 종. 색이 아무렇게나 입혀진 도

자기 소녀. 가짜 크리스털 곰. 꼭 까마귀가 잡동사니들 모아 우스꽝스럽고 무거운 둥지를 만드는 것처럼. 다른 사람

다른 장식장 다른 집 다른 눈동자들 견딜 만한 다른 고통 속에서 다른

삶을 사는 그런

환하고

까다로운 사람은 영영 될 수 없던 것처럼.

낮의 부엌

눈치 보는 나이 든 영혼처럼 숨어 있던 대야와 양동이는 비 오는 날이면
집 안 곳곳에서 알아서 걸어 나오곤 했다

이 집의 이야기를 오래 훔쳐 들은 영혼의
색과 크기와 뻔뻔함의 깊이는 제각기 달랐는데 지친 얼굴의 엄마와 할머니는 어떤 영혼이 적시에
부엌의 어느 자리에 놓여야 할지 정확히 알고 있었다

하늘과 얇은 피부처럼 한 사람의 흐릿하지만 분명한 눈치처럼 연결되어 있던 부엌 천장

지나간 이야기가
지나갈 이야기가

딱 한 방울씩 대야로 떨어져 고인다 계속 쳐다보고 있지 않으면 그것들끼리 섞여

영원히 다친 영혼과 다시 쓰여 다르게 읽힐 것을 기다리는 영혼을 혼동하게 하고

아직 어린 나의 영혼은 몇 가지 비밀이 오목하게 파인 영혼들의 몸을 피해

축소된 이야기를 피해

너무 좁아진 부엌 바닥을 오가곤 했지

나는 비 오는 날이면 부엌 천장에 비가 새는 집에서 살았다 눈치 없이

지침도 없이 나에게는 조용하고 즐거운 일이었다

blank bones

저게 다 언제
어디서 온 걸까

언제부터 저기 있었는지 모두가 궁금해하지 않는 사물들은 숨는 것도
죽는 것도 마음대로 할 수 없을지 몰라

우리 집 현관 왼편으로는 조악한 생선 뼈 모양의 온도계가 걸려 있었다
마디가 굵고 디테일이 엉성한 뼈들의 위로는 생선의 머리도 붙어 있었는데 그것의 얼굴은 아무리 크고 따뜻한 햇볕 속에서도 충격을 받아
얼어붙은 것처럼 멈춰 있었다

모직 커튼을 뚫고 안방으로 찬 바람이 들기 시작하면 할아버지는 오빠에게 꼭

몇 도인지 보고 와라

그 슬프고 어리숙한 생선 뼈와 눈을 맞추도록 시켰다

할아버지는 대부분 집에 있었지만 그는 겨울 이불을 목 끝까지 덮고 누워서도

눈이나 고드름에 어지러운

각도로 떨어지는 빛의 아름다움에 흥미가 전혀 없었음에도 바깥 온도를 알고 싶어했다

네 할아버지

온도계만큼이나 어리숙한 오빠의 보고가 그들에게는 너무나 당연한 수순이었기에 오빠

스스로도 온도계의 모양이 생선 뼈라는 사실을 자주 잊곤 했다 겨울이라 더 밝고 환해진 오빠의 눈동자 속에서 뼈들은 아무렇게나 배치된 직선

네 할아버지 영하 오 도예요

얼어붙은 시간 이상이 되지 못했다 뼈들 사이사이 눈이 섬세하게 쌓여 있어도 마찬가지였다

가족들 모두가 그 집에서 빠져나오고 다른 집에서, 그래 원시적인 온도계 같은 것은 현관에 달지 않는

따뜻하고

새로운 집에서 그 집에 대한 이야기를 더 이상 하지 않게 되었을 때에도

낱장의
메모장에 매일 같이 그날의 온도를 기록하던 할아버지가 겨울마다 요청했던 그의
괴상한 심부름과 함께

천천히

땅에 묻혔을 때까지도

어디서 왔는지 누가
닳았는지 도무지 알 수 없는 온도계
생선 빼라기엔 너무 둔탁한

그 온도계는

상처도 원하는 바도 없이
현관에 붙어 있었다

이 시를 쓰는 동안 온도계의 뼈가 현관 앞 눈 더미에 하나씩 떨어진다 나는
이것을 심부름의 정령이었던 나의

오빠에게

할아버지 묘비의 비석에게 읽혀야 한다

vague frame

손에 잡히는 어지러움 이전의 과일이 있다

과일을 좋아하는 나에게로 불시에 굴러 들어오는 온갖 과일들은 내 정수리나 발밑에서 터지기도 썩기도

여러 알 사라지기도 하여 다루기 까다롭고 피곤하지만

손에 잡히는 어지러움 이전의 과일이 여전히 있다

할아버지 서재와 오빠 방 사이 좁은 복도 벽에는 감나무가 그려진 그림 액자가 걸려 있었고

아빠는 어린 나를 높이 안아

언젠가 썩어 굴러떨어질 복도 앞에

손 닿지 않을 저녁 앞에 서 있음을 미리 알아챈 것처럼 알아채고도 감꽃 향 맡기를 멈추지 않는 것처럼 그것을 조금

과장해 만져보게 하더니

곧 그림의 감을 능숙하게 먹이곤 했다 맛있겠다 그치

얼른 감 먹자 연덕아,

팔을 뻗어

절대 터지거나 사라지지 않을 감

슬프고 따뜻한 영혼의

감

아직 손에 꽉 차게 잡히는

굳세고 차분한 잠을 자는 감을 꺼내 건네주곤 했다

정말로 차분한 잠이 오는

동시에 복도에 떨어지던 빛의 온도를
영원히 지속되는 벽을
액자를
집을
과일 쥘 때의 악력을 알게 하는 맛이었다

*

100년 뒤 저녁에서 반사된
전등이 그때
이 감나무 액자를 어린 나의
저녁을 투과해

나이를 가늠할 수 없는 아빠와 내 얼굴을 비췄고

방과 복도를 연결하던 벽은 벽지를
못을
뚫고 나와
미세하게 다른 벽이 되었고

아빠가 오래 알던 어지러운 과일의 맛을 나도 그날 저녁 알게 되었다

*

마주 본 방들이 만들어내는 각도에 한낮에도 그늘에 잘 잠기던 감나무는
진동하는 기쁨과 수치라는 과일나무들 사이를

지나게 될 내가 앞으로 어떤 과일들을 먹게 될지 어떤 과일들을 피하지 못하고 머리를 세게 맞아

이마를 흐르는 과육

피곤하고 어지러운 과즙 속에서

어떤 점도의 어둠 속에 끈적해질지 미리 알고 있었지만

여전한 과일

아빠가 쥐여 준 이전의 과일이

내 손 안에 그대로 쥐여져 있을 것도 알았다

철사 천사*

아침에 일어나 한쪽 귀가 안 들렸을 때. 나는 휴가를 떠난 나의 귀가 되어

*

옛집의 거실

잔잔하게 어질러진 거실의 요소들을 듣고 있었다. 아직 조립된 것이 없었다. 잠에서 깨기 전이었으므로 소리는 꾸준히 연결되지 않고 기침처럼

어눌한 잠꼬대처럼 자주 끊겼다. 긴 휴가는 아니었지만

둘째 날 아침에 더 따뜻하고 자세하게 느껴지는 그 집의 빛이 나를 안쪽까지 어루만졌다. 거실에는

철사와 작은 전구들로 만들어진
크리스마스용 대형 천사가 놓여 있었다.

간밤의 전구 빛을 다 지운
뼈대만 남은 천사

내부를 조금씩 터트리며 텅
빈 소리를 내는

*

휴가를 떠나지 않은 나의 나머지 귀는 한 이비인후과로 향했고

알록달록한 작은 기계들이 달린 청력 검사실 안

에서

매무새를 바로 한 채 꼿꼿이 앉았다.

한 평 남짓한 크기 그 안의

어둠

실금 모양으로 흐르는 약간의 심란함

약간의

나른함이 꼭 고해성사실 같았다. 말 없는 천사가

기침을 겨우 막으며 지나가는 것 같았다.

귀는 크리스마스 아침처럼 웃었다.

검사지에 우아하고 부드러운 철사처럼 이어진

그래프를 보았을 때. 반 정도 잠든 귀

어린 시절 소음들을 기억하는 귀는

휴가를 떠난 다른 쪽 귀에게로

옛집으로 바로 건너갈 수 있었다.

*

귀들은 그곳에서 만나 천사의 몸통이 내는 소리를 열심히 들었다. 휴가 마지막까지 그 일밖에는 할 일이 없다는 듯이.

• 2005년 겨울. 우리 집은 외국인 장로님으로부터 철사로 만들어진 대형 천사를 선물 받았다. 천사의 몸통부터 링, 날개들까지 전부 조립해야 하는 것이었다. 스위치를 누르면 파란색 흰색 노란색으로 반짝이는 꼬마 전구들에 한꺼번에 불이 들어왔고 그 천사에게서는 화려하면서도 조용한 소리가 났다. 빛이 들어오는 소리 빠져나가는 소리…… 귀들끼리 떠나는 머나먼 휴가에서만 이제 그것을 들을 수 있지만.

tiny hole

오빠 방 밖에서부터 뒷마당으로 이어지는 곳에
고전적인 형태의 우물이 하나 있었다

나는 가족들과 함께 우물을 열어보거나 들여다
본 적 없어 우물 내면의
깊이가 얼마나 되는지 알지 못했고 우물 위로는

둥글고 밝은 나무로 된 덮개와 초록색 호스 플라
스틱 대야 같은 것이 열대식물들처럼 억세게 어지
럽혀져 있었다 아무도 사용하지 않는

사납고 말 없는 우물 곁을 지날 때마다 나는
명절 때마다 나와 사촌들을 어두운
커튼이 내려진 안방에 앉혀놓고는 알 수 없는 어
조와 표정으로 전해주던

빼대는 거의 같지만 감정과 빛의 속도와 순서가 조금씩 다른 버전으로 펼쳐지던 할아버지의 이야기를 떠올렸지

북한에서 자랐던 다섯 살 무렵 깊은 우물에 빠졌었다는 그래서 아주 조용한 바늘로 머리를 여러 번 꿰맸었다는 이야기

할아버지의 우물과 우리 집의 우물 사이에는 아무런 관련이 없었지만 나는

모두의 관심이 떠난 그곳을 거미줄과 나무 덮개가 환하게 얽혀 있는 그곳을 지날 때마다 어린 할아버지의 머리 피부가 우물의 매끈한 부분에 걸터앉아

내리쬐는 태양

얇은 자신의 피부를 근사한 모양으로 흔들리게 하는 바람을 즐기는 모습을 본 것 같았고

덮개 위로 올라가 어린 할아버지의 가장 약한 부분 옆에 누워 있어보고 싶었다

찢긴 피부 사이로 들어오는 적막한

어둠

안방의 커튼이 흔들린다

아직 열어보지 못한 어지러운 내 것들 두려움에 반응하는 내 안의 모든 것들 우물 아래 갇힌

빛들을 열어

우물 속으로 천천히 떨어지고 있던 할아버지를
나의 햇볕 아래 누인다

오전 성탄

엑스레이 사진처럼 야성적으로 뻗은 산과 나무에 눈 쌓인 성탄절 아침, 부엌 식탁에 놓인 선물을 뜯어보던 나는 부스럭대는 이 작은 차가움이 졸음이 포장지 뜯는 손가락뼈 사이에서 녹아버릴 미래가 영영 오지 않았으면 오다 그냥 잠들었으면 했지. 검은 화면으로 반은 날카롭고 반은 우유부단하게 번져나가는 엑스레이 빛처럼, 시력이 약한 나의 미래가 우리 집 원형 식탁에 대한 태도를 확정짓지 않았으면 했다. 다정히는 떠나지 않았으면 했지.

어릴 적 받았던 선물, 언제인지 모르게 사라진 성탄절 선물은 지금 어디서 무엇을 하고 있을까. 포장지를 완전히 뜯어버린 순간 산과 나무는 검고 흐릿한 쪽으로 조금씩 흐르게 되어 있었다.

사랑

어린애가 파악한 아름다움이란 뭘까.

교회 어른들과 단체 유람선에 오른 여름. 마이크를 잡고 노래를 불렀던 나는 여기저기서 푸드덕거리는 새의 날개 같은 돈을 받았고
땅을 밟자마자 아줌마의 선물을 샀다.

도자로 만들어진 내 눈에 제일 귀엽고 아름다웠던 인형을.

나를 돌봐주던 아줌마의 얼굴은 아름답지 않았다.

아줌마는 대신 피부 안쪽에 고르게 갈린 절망의 결로 빛나는 땅을 숨겨두고 있었고 세상이 말하는

아름다움을 몰랐던 나는 그 사실을 조금 더 커서 알게 되었다.

도자 인형을 받아 든 아줌마는 땅 위로 낮게 날아가는 새 같이 웃었다.

아줌마가 마주한 매일은 오가며 마주치던 동네 사람들은
그의 피부가 해 드는 곳에 누워 멍하니 사랑하고 노래하고 쉬는 시간에 비해 너무나 짧았기에 그의 땅이 겉으로 고르지 않아 보여도 괜찮았다.

내가 서 있던 유람선 주위로 흐르던

자글자글한 물살 반짝이는

어지러움

일을 마치고 풀숲 사이를 걸어가던 아줌마의 등 뒤로는 울퉁불퉁함이라고는 하나도 없는 깨끗한 빛이

아줌마의 작은 몸 전체로 그의 모든 흉측한 혼란을 집어삼키듯 번지곤 했다.

아줌마의 얼굴 속으로

기름진 피부막을 지나 그의 집에 딱 한 번 가본 적 있다. 아줌마의 집 안에는

무너질 것 같이 위태롭게 쌓인 물건들이 가득했고 배 위처럼 어지러웠지만 창밖으로는 전혀 다른

것이 보였다. 아줌마가 오랫동안 직접 갈아온 땅

땅 위로 조용히

계속 날아가는 새들이.

그리고 한가운데 놓여 있던 값싼 나의 선물이.

植樹

뿌리째 드러난 사랑
내게 옮겨 심긴

언젠가 내가 죽어도

내 무덤 위로 더 많은 사람이 죽어
언젠가 자유로운 내 죽음이 잊힌 땅이 되어도

하루치 상영이 끝난 단관 영화관처럼 냄새나고 따뜻하게 멎은 내 심장에서

스스로를 위해 계속해 자라날 나무를 본다.

1995년 여름. 어린 모과 묘목은 뿌리가 다 드러난 채 자포자기한 채 노을 지는 트럭 뒤 칸에 누워

우리 집 마당으로 실려 들어오고 있다.

적출된
자유로운 심장 같아

식구 중 누군가는 얽힌 뿌리를 보고 고개를 돌렸을 것이다.

상처 난 과일을 현실 세계에
자기 향기 속에 무심히 떨어트리는.
무거워진 꿈을
좌석에서 조느라 놓친 장면들을 매단
모과나무

나무는 외롭고

거기서 굴러떨어지고 있는 모과는

풀숲으로 무덤 밖으로 속력을 잊은 채 굴러가는
모과는 자신이 또 한 그루의 나무인 양

독립된 사랑인 양

작고 둥근 몸 전체를 사용해 외롭다.

때문에 이 묘목에게는 설명해주어야 할 인물과
음악과 대사가 많으며 심통 내며 떨어트린 무덤도
주워 수건으로 닦아줄 필요가 있다 자기도 모르게
심긴 땅을 말없이

파악해볼 시간이 필요하지 이 묘목은 이모할머
니 댁 마당에서 자라던 것으로 본래 방치되거나 상
처 없이 맑은

많은 심장들로부터 버려질 운명이었으나 나와 내 쌍둥이 동생이 처음 세상의 땅이 된 것을
땅 위에서 조금씩 상영되기 시작한 것을 기념하기 위해
우리가 태어난 지 100일째 되던 날 우리 집 마당 한가운데 옮겨 심은 것이다.

식수식을 지켜보던 식구들도
품 안의 아기인 우리도

방금 전의 저것처럼 언젠가 뿌리를 드러내며 죽을 것이다.

모과나무는 한 그루에서 두 개의 굵은 뿌리가 양쪽 심실처럼 뻗어 자란다. 쌍둥이와 나에게는 그때

옮겨 심긴 빛이

땅속 심장에
우리가 좌석에 앉아 보는 각기
다른 현실 장면에

아직 살아 있는 외로움에 향기를 더해주곤 한다.

5부

오래된 어둠과 하우스의 빛

몇 사람은 죽고 몇 사람은 아직 살아 있지만

나와 함께 살았던 파본들도 언젠가 전부 파쇄기에 들어가 이 집이 아예 지어지기 전의 터처럼 빈터에 내리던 눈처럼 갈려나갈 날이 오겠지.

그늘 속에서 편안하게 썩어나가던 이야기가 처음으로 돌아가 쉴 수 있을 때, 마지막 사람이 난방을 끄고 나오며 뒤돌아보지 않을 때

괴로운 행복을 좀 늦게 알아채는 방으로 기어 들어가 자존심 강한 파본들을 주워다 쓴 의미를 이해할 수 있을 거야.

아무리 갈아도 입자가 거친 눈 속에 잠시 멈춰 설 수 있을 거야.

이제 벗어두었던 코트를 다시 입을 시간.

PIN

054

거칠고 환한 오래전의 향

김연덕

에세이

거칠고 환한 오래전의 향

어릴 적 살던 부암동 집에서 보고 겪은 것들을 모아 시집을 묶었다. 부암동 338-43번지. 나무가 많은 조용한 동네로 굽이굽이 들어가면 나오던, 동사무소와 세탁소 입구의 꼭대기 집. 부암동은 서울이고 종로였지만 그런 지명과는 상관없이 존재하는 어떤 곳이었다. 옛날식 현관과 꽃나무, 극단적인 눈비와 온갖 복잡한 감정들이 조금 이상하게 돌출되어 있던, 나머지 부분은 숨겨져 있던. 그리고 도시와 자연 사이에 구름처럼 붕 떠 있던, 들어가기만

하면 다른 공간과는 완벽하게 차단되던 신비롭고 거친 자연의 공간. 그 공간에서는 맛과 향, 피부의 감촉, 기상천외한 장면들이 한번 들어오게 된 이상 밖으로 잘 나가지 못했다. 섬세한 감각들이 함부로 드나들기에는 지형이 그렇게 편리하지 않았고 산세가 굽이친 곳과 그림자들이 숨어들 곳, 구멍 뚫린 곳과 구석진 곳도 많았다. 집 안과 밖에 부분적으로 남아 있는 몸집이 작고 예민한 감각들이 그래서 많았고, 어쩌면 이곳의 가파르고 험준한 지형 덕분에 나는 이곳에서 몇 가지 감각만은 잘 기억하는 어린이로, 나중에 자신이 무엇을 쓰게 될지도 모를 어린이로, 아직 겪지 않은 미래를, 그러니까 이 집과의 이별을 일찍이 복잡하게 그리워하는 어린이로 성장할 수 있었던 것 같다.

지금도 손에 잡힐 듯이 떠오르는 장면으로는, 집 뒤편으로 인왕산이 펼쳐져 있어 등산객들이 우리 집 앞을 산책로로 착각해 들어왔었던 순간이다. 모르는 사람들이 집 앞을 지나는 일이 흔했기에 나는 나중에는 놀라지도 않고 "여기는 가정집이에요" 웃으며 그들을 아주 어른스럽게 응대하곤 했다. 상냥하지만 기계적인 응대였을 것이다. 그들에게는 내가 어떤 이미지로 남아 있을지 그들이 마주한 내 몸과 얼굴에서 이곳의 독특한 향이나 미묘하게 다른 모습들이 남아 있었을지 궁금하다. 서로에게 낯설거나 낯설지 않은 장면들이 이 투박하고 특별한 공간에서 충돌하는 순간만큼은 나에게도 잔잔한 충격을 주었으니까. 어쨌든 시골에서 자라지 않는 이상 볼 수 없었을 생물인 꿩과 까투리, 두더지, 수많은 곤충들과 식물들과 함께 나는 그 산자락에서 자랐다. 핵심적인 기억들은 전부 부암동 집에서 미끄러지고 다시 차오르며 차근차근 형성되었다.

확실히 계절감이 뚜렷한 공간이었다. 눈 내린 아침 급하게 나가 눈을 쓸지 않으면 우리 집은 바로 고립되었고, 비가 오면 옥상에서 물이 새어 들어와 대야를 여러 개 가져와 부엌에 두어야 했다. 대야에는 검고 갈색의 액체가 차오르곤 했는데 그때 나는 비와 먼지가 뒤섞인 모습이 아름답지 않구나 처음 생각했던 것 같다. 겨울과 가을은 오래된 이곳 벽을 더 차갑고 쓸쓸하게 만들었지만 그런대로 나에게는 당연했던 세계였기에 이곳만이 내게 제공해줄 수 있는 고립을 즐기며 자랐다. 밖에서는 연둣빛 열기와 함께 열심히 피어올랐던 모든 사랑의 기미, 의지들을 맥없이 죽이는 여름, 이 집에 찾아오던 여름의 거대함과 그 여름에 눌린 모든 사물들, 식구들의 기진함은 어떠했는지. 산 한가운데 있던 집이었기 때문에 여름이면 모기향을 자주 피웠다. 스위치를 누르는 곳이 귀여운 붉은 구슬처럼 올라오던 플라스틱 모기향, 나선을 그리며 미로처럼 모여 있던 초록색 모기향. 아이들이 마음을 빼앗기기에 좋은 모양이었다. 설명할 수 없이 구불거리는, 자꾸만 방향을 바꾸는 감정들을, 처음의 그러한 경험들을 형태화한 물건이기도 하니까. 더욱이 계절 변화에 민감한 아이들의 마음에 어떤 질서를 세워줄 만한 모양이니까. 워낙에 강렬한 향인 아카시아 향이나 살구 향, 할머니와 엄마가 자주 해주던 구체적으로 따뜻한 음식의 향 외에 이 집에서 내게 가장 강렬하게 남아 있던 향이 바로 모기향이다.

오빠 방에만 에어컨이 있었기 때문에 거실의 유리문—통유리로 된 것이라 아직도 유리문이라 해야 할지 창이라 해야 할지 헷갈린다—을 자주 열어놓곤 했는데, 거실을 지나 부엌으로 향해 가던 움푹한 공간에 원목 테이블이 놓여 있었다. 모기향을 그 테이블이나 테이블 곁의 의자에 자주 얹어놓았던 것 같다. 테이블이나 의자 위에서 연기가 낮게 피어올랐다. 밖에서 놀다 집으로 돌아오는 날이면, 저녁을 먹으러 부엌으로 가다 말고 모기향이 붉게 타들어가는 모습을 넋 놓고 바라본 적도 있었다. 어린 내가 맡기에도 모기향에선 알싸하고 마음이 환하고 무언가 사무친 저녁의 냄새가 났다. 해야 할 말을 끝내지 못하고 결국 입 다문 사람의 손끝에서 날 것 같은 조용히 시끄러운 향. 드라마나 가족의 이미지로부터 그런 사람을 상상으로 보았던 걸까? 알 수 없지만 나는 커서 그런 친구들을 많이 사귀게 되었고 나 역시 그와 가까운 사람이 되었다.

모기향은 야생동물들이, 벌판의 바람이 잡초 곁에 몸을 비비며 비밀스러운 향을 내기도 했다. 워낙 많은 동물과 식물과 같이 성장하기는 했어도 내가 미처 발견하지 못했을 수많은 그림자들이 있었을 것이고 아마 그런 그림자들은 내가 잠든 시간 동안 마당 이곳저곳을 움직이며 우리 집 땅을 곡선의 슬픔으로 점령했을 텐데, 내가 보지 못한 장면들을 곡선의 모기향 앞에서 바라보고 있는 기분이었다. 복잡한 시간과 공간을 뚫고 눈앞에서 바로 내뿜어지는 향이라는 의미에서, 동시에 모기향은 익숙해지지 않는 모든 시절들을 위한 향. 어른이 되고 여러 사람, 여러 사물과 헤어지고 나서야 완전히 이해할 수 있을 것 같은, 그렇지만 물리적인 어린 시절로 돌아가기는 불가능하기 때문에 영원히 미래 시제로 남아 있을 약간은 어두운 향. 낮보다는 저녁에 더 잘 감지되는, 부드럽게 쇠락한 자연의 향. 아마 주로 모기향을 바꾸던 사람은 할머니나 엄마였을 것이다.

이제 모기향이 들어갔네, 하는 생각과 함께 여름

과 초가을이 끝났고 겨울이 빨리 찾아오는 이곳 산간지대에서는 금방 히터를 틀었다. 히터의 붉은빛과 모기향 끄트머리가 타들어가던 빛은 닮아 있었다. 구식 히터가 나에게 남긴 별다른 향의 기억은 없지만.

다음으로 떠오르는 향은 마당에서 구워 먹던 싸구려 마시멜로의 향이다. 초등학교 때 친구들이나 사촌들이 놀러 올 때면 엄마는 밖에서 마시멜로를 구워주곤 했는데 별맛 없는 마시멜로도 불기운에 부드러워지고 특유의 빛으로 달콤해지는 순간은 매번 놀라웠다. 검게 타들어간 마시멜로 끝부분에서는 조금 거친 불의 향이 났다. 불을 켤 줄도 모르는 우리에게는 아직 멀리 있는 어른의 향이었다. 들뜸과 위반의 향이었다.

잘 조절해서 굽지 않으면 한쪽은 너무 많이 타들어가곤 했고 한쪽은 너무 덜 구워지곤 했지만, 그런 우연과 실수마저도 즉석에서 구워 먹는 마시멜로의 세계에서는 용납되었다. 스러진 모양과 향이 우리에게 주는 의미가 너무 컸기 때문이었다. 끝없이 이어지는 이야기로 함께 떠들다가도 마시멜로를 한 입 베어 물고, 다리를 흔들며 순간 고요해진 풍경을 바라볼 때면 우리는 몇 초간 말이 없어지곤 했다. 불 때문인지 마시멜로를 들고 먹으며 보던 풍광이 너무나 거칠어서인지, 지금도 구운 마시멜로 향을 떠올리면 마당을 가득 채우던 흙과 모래, 커다란 단풍나무, 현관에서 옥상까지 빠르게 밀려들어 오던 석양 같은 것들이 떠오른다. 친구들의 가느다란 팔이 떠오른다. 친구들, 사촌들과 나는 거실 유리문 앞에 둔 야외용 의자에 앉아 해가 지는 모습을 끝까지 지켜보다 들어가곤 했다. 의자가 어린애들이 앉기에 너무 커서 엉덩이를 가운데로 하고 중심을 잘 잡아야 했던 것도 떠오른다. 의자가 흰색이고 마시멜로도 흰색이어서 우연으로 맞춰진 그 색들이 아름답다고 생각했던 것도. 마시멜로를 다 먹고 나면 아직 달큰한 향이 남아 있는 꼬치를 쥐고 집 안으로 들어왔다.

캠핑을 즐기는 타입이 아니라 어른이 되어서 구운 마시멜로를 먹은 것이 언제인지 기억도 나지 않는다. 어쩌면 어린 시절에 사방이 나무로 둘러싸인 곳에서 마시멜로를 원 없이 먹었기 때문에, 그 이미지를 길게 늘려 너무 많이 체험했기 때문에 이제는 별 흥미가 생기지 않는 것인지도 모르겠다. 그 시절 함께 마시멜로를 먹었던 친구들과 사촌들은 마시멜로 향을 기억하고 있을까. 열린 문 안쪽에서 새어 들어오던 모기향과 마시멜로의 탄 향이 뒤섞이던 거친 유년의 향을. 미래와 과거가 가볍게 부딪치며 만들어내던 옅은 멍의 향을.

함께 살았던 가족들의 향 중 한 사람을 택해 이야기해야 한다면 나는 할머니를 택할 것 같다. 그리고 할머니의 정확한 향들에 대해 정리하라면 망설이지 않고 지금 바로 이야기할 수도 있다. 할머니의 향은 계란 향과 화장품 향. 외모 가꾸기를 좋아하던 할머니는 계란으로 팩을 만들어 자주 바르고 있곤 했다. 쌍둥이 동생과 내가 팩을 한 할머니의 모습을 무서워하고 놀라던 순간마저 즐기고 귀여워하셨던 기억이 난다. 나는 걸쭉하고 노란 액체가 얼굴에 덮인 모습의 기괴함도 기괴함이지만 비릿한 계란 향을 맡는 것이 너무 힘들었는데, 저것을 바르고 있는 할머니는 과연 저 냄새가 괜찮은 걸까 궁금하기도 했었다. 계란 팩을 끝내고 나면 할머니는 안방 화장대 거울 앞에 앉아 백화점에서 사온 화장품들을 발랐다. 좋아하는 책을 아껴 읽듯 정성스럽게, 종일 발랐던 것 같다. 할머니의 표정이 너무 맑고 행복해 보였으므로 나는 그 모습이 책 읽는 것 같다고 느꼈다. 지금도 그 생각에는 변함이 없어서, 나는 몰입해 좋은 책을 읽게 될 때마다 할머니의 행복하고 사치스러운 모습이 그리워지곤 한다. 책장 사이에서 나는 퀴퀴하고 만족스러운 향, 책이 공기에 참여하고 개입할 때 나는 약간의 먼지 향처럼, 할머니에게도 할머니의 거울과 탁한 공기에 개입했던 향들이 있었을 것이고 그것에 대해 할머니와 이야기를 나눠보지 못한 것이 아쉽다.

화장품을 바른 할머니에게서는 이곳 부암동의 거친 향, 야생의 향과는 반대되는 인공적인 꽃 향이 났다. 백화점 1층 같은 아름답고 슬픈 향이 났다.

할머니는 대부분의 시간 동안 그 향을 유지하면서 나를 안아주거나 요리를 해주곤 했다. 부암동에 살던 것은 할머니의 의지가 아니었다. 어쩌면 할머니는 부암동 아래로, 쇠락한 성처럼 고립된 이곳이 아닌, 조금 더 서울과 가깝고 도시적인 이미지를 갖고 있는 동네에서, 잘 정돈된 꽃나무 아래를 걷고 싶었던 사람일지도 모른다. 할아버지가 쳐둔 두꺼운 모직 커튼의 어둠이 아닌 눈이 아플 정도로 강한 백화점 조명 아래의 따뜻한 빛을 원했을지도 모른다. 그때 나는 너무 어렸으므로 물론 이런 생각들을 다 하지는 못했지만, 지금 세상을 떠난 할머니에게 아무것도 묻지 못하겠지만, 화장품을 사랑하던 할머니를 나 역시 최대한 할머니의 자기주장으로, 사랑스럽게 기억하고 싶다. 할머니의 피부에서 번들거리던 인공의 향이 할머니에게는 가장 편안하고 자연스러운 향이었을 것이라고, 자연에 묻혀 살기 위한 할머니만의 향이었을 거라고 말이다.

어지럽고 자연스럽고 너무 많이 섞인 향을 맡으

며 자라온 나는, 자연과 자연에서 발생한 에피소드의 향을 그대로 맡으며 자라온 나는 향수를 거의 뿌리지 않는 사람이 되었다. 다만 가끔 뿌리고 싶고 갖고 싶은 향을 발견하게 될 때가 있는데, 이제는 일상적으로 맡을 수 없는 부암동 자연의 향을 가장 가까이 구현한, 그런 환하고 투박한 향을 만날 때다.

PIN

054

방들, 아름다운 두개골들

정기석

작품해설

방들, 아름다운 두개골들

정기석

"나는 첫눈을 보고 있을 거예요, 하지만 당신을 보고 있을 거예요."

—빌리 홀리데이, "I'll be seeing you"*

1. 아름다운 두개골

빨간 괴물 게리온이 엄마 옆에서 '만들기'를 한

* 원 가사는 '첫눈'이 아니라 '달'이다.

다. 어린 게리온은 엄마의 지갑에서 지폐를 꺼내 잘게 찢은 후 토마토에 머리카락 삼아 붙인다. 게리온은 아직 글을 쓸 줄 모르지만, 엄마는 아이의 만들기 놀이를 '자서전 작업'이라고 한다. 엄마는 게리온의 "작고 빛나는 두개골 꼭대기에 손을 얹고" 찢긴 지폐가 붙은 토마토를, 아이의 자서전을 자세히 살펴본다. 엄마는 말한다. "아름다운 작품이야."*

이 에피소드는 앤 카슨의 『빨강의 자서전』 중 일부이다. 어린 게리온의 두개골은 토마토처럼 연했을 것이고, 바깥과의 경계 없이 세계를 그대로 받아들였을 것이다. 이후의 자서전에서도 연약하고 작은 괴물 게리온은 세계가 주는 상처를 하나하나 다 앓는다.

『오래된 어둠과 하우스의 빛』에서 「다친 작은 나의 당당한 흰색」은 시인의 어릴 때 장면으로 축조된 시다. 엄마는 한 살 아이에게 눈[雪]을 가리킨다. 미래 어느 시점에도 이날의 하양이 가득할 것을

* 앤 카슨, 『빨강의 자서전』, 민승남 옮김, 한겨레출판, 2016, pp.50-51.

예감하듯이, 눈의 흰빛이 "영원히" 어린 화자의 "머리뼈를 어루만"진다. 시인은 '하양의 자서전'이라고 부를 수 있을 법한 장면을 "처음 읽어준 사람"이 엄마였다고 쓴다. 시인의 엄마도 읊조렸을 것이다. "아름다운 작품이야."

세 번째 시집에 닿기까지 김연덕 시인이 이어온 가장 아름다운 부분은 과거와 미래가 지금 여기에서 함께 존재하는 시간의 중첩성에 관한 것이다. 첫 시집 『재와 사랑의 미래』(민음사, 2021)에서, 시차에도 불구하고 빛을 공유한 시간이 '우리'를 동시同時의 장소에 있게 했다면,* 두 번째 시집 『폭포 열기』(문학과지성사, 2024)에서도 "교차하고 부딪쳐 지금으로 건너온" "폭포의 물"이 다른 시공 속 인물들을 같은 형상 속에 겹쳐 있게 했다(「폭포 열기」). 빛, 혹은 물이 한곳에 떨어지듯, 하나의 장소 위에 시간이 층층이 내려앉는다. 과거와 미래가 한데 있다.

시인에게 시간은 과거-미래의 직선이 아니라 공

* 정기석, 「재와 사랑의 고고연대학—김연덕, 『재와 사랑의 미래』」, 『연약을 위한 최저낙원』, 2024, p.122.

존이다. 시공時空 중첩 모티프에 대한 동시성 감각은 과거의 한때와 미래의 시점이 겹쳐진 시간의 두께를 체감한다. 시간의 두께에는 과거 중 일부가 지금 사라졌다는, 지금의 것은 미래에 언제든 사라지고 만다는 부재의 감각도 동반한다. 시간의 쇠락과 발생이 '지금'의 블록에서 공존하는 것이다. 공존의 두께를 채우는 한 블록은 부재다. 하지만 부재에도 불구하고 감각은 실존하며 부재 위에 덧씌워져 있다.

두개골에는 오래되어 희미하지만 손길의 온기가 남아 있다. 감각은 시간을 거슬러 손의 환영 위에 실재한다. 눈〔眼〕이 기억하는 흰빛의 '환한 낭비'가 한 생에 전체로 이어지듯이. 물론, 온기의 감각은 때로 손길이 '지금' 부재한다는 사실로 엄습한다. 하지만, 기억의 감각 속에서 온기가 희미한 있음으로 존재하는 미약한 기쁨 역시 배제되지 않는다. 있었던 것의 상실과, 상실의 감각으로 존재함 사이, 시인은 후자의 손을 잡는다. "현재라는 기쁜 슬픔"(「새가 되어」) 속에서 시인은 오래된 집의 문을 연다.

2. 사랑을 이야기하기

『오래된 어둠과 하우스의 빛』에는 '오래된 집'으로 들어가고 나가는 장면의 시가 각각 시집의 처음과 끝에 배치되어 있다. 시인은 오래된 집으로 들어가 기억의 장면들을 만나고, 가족과 함께한 삶의 한 때를 다시 살고 나온다. 각 시편은 독립성을 유지하면서도, 집의 기억에 대해 작성된 시들로 배치되어 있다. 의도는 선명하다. 시집은 시인의 기억 속 장소를 재축조한 한 채의 집이다. 그곳은 "사랑을 이야기하기에 가장 적합한 공간"*이다.

유년을 보낸 오래된 집은 시인의 기원이다. 오래된 집은 동시성 감각이 발현되는 시작이자 토대이다. 오래된 집은 어린 시절 경험 세계의 전부였으나, '지금'의 시간은 기원을 상실하고 있다. '지금'

* 김연덕, 『액체 상태의 사랑』, 민음사, 2022, p.120. 덧붙여 산문집 『액체 상태의 사랑』의 '2021년 12월 7일' 일기에는 이 시집에 작성된 시들과 구체적으로 공명하는 장면들이 서술되어 있다. 이 글에서 김연덕은 옛집을 "내 유년기의 창백한 기쁨이자 글쓰기의 전부인 곳"(p.191), "나의 모든 시작이었던 집"(p.206)이라고 쓰고 있다.

이 우리가 걷고 있는 시간선(時間線, timeline)의 첨단이라면, 집의 기억은 가장 뒤에 남겨진 이야기이다. '나'와 '가족'이 떠나갔기 때문에 세계와 이어짐을 구성하지 못한 채 버려진 차원이다. 기억의 쇠락으로 군데군데 파손된 채 현실과 동떨어진 세계에서 '어린 나'와 가족이 살고 있다면 어떤가. 그 시간선의 존재들은 "너를 향해 발돋움하는 우리를 그냥 내버려둔다면, 우리가 너에게 건네주려 했던 너 자신의 일부마저 영원히 소멸할 것"*이라고 말하는 듯하다. 하지만 시인은 스스로를 구성해온 사랑의 기원을 놓지 않는다.

종이를 열어 나의 오래된 집으로

아직 죽지 않은 먼지 나는 이야기들이
방마다 파본처럼 흩어져 있는 집으로 걸어 들어간다.

—「소품 가정집」 부분

* 마르셀 프루스트, 『잃어버린 시간을 찾아서 4』, 김희영 옮김, 민음사, 2014, p.135(번역 수정).

시를 읽으면서, 시인을 따라—시인의 뒷모습을 내 것인 양 하는 동질감 속에서—오래된 집으로 걸어 들어간다. 망각의 어둠 속에 서 있던 집에 "한 번에 한 걸음씩" 난방이 켜지며 빛이 밀물처럼 차오르는 소리, 색과 향을 내뿜으며 입체로 서는 것을 본다. (이와 동시에, 집에서 멀어지던 시간, 집이 홀로 남겨지고 빛이 빠져나가며 어둠 속에 잠기던 시간을 거슬러 오른다.) "오래 공실이었던" 곳이라 군데군데 파쇄되어 있고 흐릿하지만, 집의 기억은 어린 시절의 '나'인 양 우두커니 서서 오랜만에 돌아온 '우리'*를 기다리고 있다.

오래된 집으로 걸어 들어가면서 시인은 그곳에 살 때처럼 점점 어려지고, 어린 자신이 되어, 과거

* 『오래된 어둠과 하우스의 빛』은 김연덕 시인의 사적 기억을 토대로 한 것이다. 그러므로 시인의 '오래된 집'을 방문하는 것이지만, 이 문을 열고 들어갈 때 독자인 '우리' 각자의 기억의 문도 동시에 열린다. '우리'는 어린 시절의 시인을 만나고 동시에 어린 시절의 '우리'를 만난다. 기억의 장소와 구체적 장면은 모두 다를 테지만, 사라지는 것들에 대한 슬픔과 그것들과 재회한다는 약간의 기쁨이 뒤섞여 있다는 건 동일할 것이다. 그리고 각 경험들의 교차와 중첩이 '우리'의 두께를 만들 것이다.

를 현재화한다. 시의 집 안에서 시인은 어린아이가 된다. 기억의 현재화 한쪽에는 재생이 다른 쪽에는 쇠락의 감각이 있다. 어른인 '내'가 현재에서 과거의 집으로 한 발을 딛고, 동시에 어린아이인 '내'가 쇠락할 미래의 집으로 다른 한 발을 딛는다. 하지만 발 딛는 모든 곳이 사랑의 토대이다

3. 찢어지지 않고 함께 버티기

집의 기억에 방문하고, 아이의 두개골을 가득 메우듯 어루만지는, 그래서 이후 영원히 간직하게 될 처음의 첫눈을 떠올린다.

> 이날의 광경을 커서 기억하기란 불가능한 한 살의 나를
>
> 엄마는
>
> 아무 말 없이
>
>
>
> 내리는 눈 한가운데 밀어 넣었다.

이게 눈이란 거야

—「다친 작은 나의 당당한 흰색」 부분

"한 무더기로 낭비되고 있는 저 환함"은 매혹이되, 지친 매혹이다. 시인처럼 여기까지 오느라 "다친" "어딘가 조금 지친" 빛이다. 처음의 눈이 주는 무결의 환함 속에서도 빛은 끝내 사그라들 것들에 대한 적막하고 고요한 슬픔을 품고 있다. 아이가 미래에 겪을, 그리고 시인이 지나온 과거와 상처를 기억한다.

그럼에도 아이가 첫눈의 장면으로 돌아오는 것은 그곳에 여전히 시인을 구성한 최초의 다정과 온기가 있기 때문이다. 아이의 눈은 (아도르노가 말한) '안식일의 시선'과 닮았다. 첫눈의 매혹에 "자기를 내맡긴 눈〔眼〕"은 "대상으로부터 그것이 창조되던 날의 고요의 흔적을 되살려"낸다. "시간이 우리에게 보여주는 것"이 "시간에 쓸려 사라질 것들의 목록"이라면, 대상의 "아름다움에 홀린" '안식일의 시선'은 그것들을 "잠시나마 그 사라짐의 운명에서 건져"낸다.* 예컨대, 여전한 매혹과 '엄마'의 목소리, "*괜찮아*".

첫눈의 빛을 알알이 앓고 빛에 홀리며 아이는 일종의 첫눈-되기를 실행한다. 그러므로 이후 눈이 내릴 때면 한 살의 시점이 함께 내린다. 눈 속에서 첫눈의 빛을 감각하며, 그때 마주한 한 살의 자신을 만난다. 그리고 한 살에게 제 몸의 미래를 내어준다.

> 조금씩 다르게 상처 난 가지들의 미래가 화장실 바닥 타일에 쏟아지곤 했었지 이 집을 떠난 뒤로 내가 들어갔던
> 텅 비어 있었던
> 수없이 많은 화장실들처럼
>
> —「낮의 화장실」 부분

과거의 장면 속에서 곧 드리워질 미래를 바라본다. 이는 텅 빈 공간 속에 홀로 남겨진 채 제 시

* 헤럴드 슈와이저, 『기다리는 사람은 누구나 시인이 된다』, 정혜성 옮김, 돌베개, 2018, pp.147-150.

간선을 오갈 다른 시간대의 "영혼"을 느끼는 일이다. 지금에 없는 과거의 장면을 보는 것은 기억이지만, 미래에 사라질 지금을 보는 것은 시간에 대한 감수성이다. 시인에겐 과거 시점 이후의 쇠락을 보는 후과거後過去와 과거가 되어버린 지금을 보는 전미래前未來가 공존한다. "미래를 얼른 밟았다가" 되돌아오는 "이상한 감각 속에서" 시인은 시간이 계속 유실하는 것을, 어떤 것은 사라지고 누군가는 죽고 없을 미래를, 그래서 입게 되는 미래의 상처를 감각한다.

여러 시간대에 걸친 빛과 어둠이 지금 여기의 적막 위에 어른거린다. 텅 빈 타일에 서로를 찌른 채 쉬고 있는 나뭇가지의 "어지러운 그림자"는 상처의 흔적이자 두 시간의 봉합선 같다. 시인에게 그늘이나 오래된 어둠은 빛의 적대자가 아니다. 그늘은 다친 빛이 와서 쉬는 곳이자, 최후에 머무르는 자리이다. 나무 그림자가 희미하게 일렁이며, 다른 시간대가 함께 있는 장면의 윤곽들을 침범하면서, 동시에 그 침범으로 윤곽을 붙든다. 두 시간을 붙들어 매기 위해, "찢어지지 않고 함께 버티기 위해" 나뭇가지가 "그늘을 서로에게 드리"운다.* 각자 다른 시간대에서라도, 그늘은 가족들을 마치 함께 누운 듯 연결한다.

4. 손상된 당신과 어울리기

기억에는 작화confabulation의 요소가 있다. 사실과 구분되지 않는 허구를 안고서야 도달할 수 있는 기억들이 있다. 집의 기억은 기억 공유자**인 가족의 것과 함께 구성되어 있다. 앞서 「다친 작은 나의 당당한 흰색」에서 보았듯, 한 살 아이가 기억하기 불가능한 광경에 대한 시적 구성은 당시 사진이나 엄마의 기억 이야기에 토대를 두었을 것이다. 아이가

* 필리프 자코테, 『부재하는 형상들이 있는 풍경』, 류재화 옮김, 난다, 2024, p.47.

** 샌디프 자우하르는 "기억은 여러 장소에 존재"한다고 하며, 책이나 사진과 같은 기록뿐만 아니라, 가족 등의 타인과 같이 "여러 구성원의 뇌 사이에서 공유"된다고 쓴다(『내가 알던 사람』, 서정아 옮김, 글항아리, 2024, p.97).

"그날의 눈앞에" "무방비의 마당에 그냥 우뚝 서 있었"을 때, '엄마'도 "그것을 그저 지켜보고 있었다". 눈의 환함이 아이에게 매혹이었다면, '엄마'에게는 온 시선을 뺏긴 채 서 있던 아이가 환한 매혹이었을 것이다.

빛은 시공을 한데 둘 뿐만 아니라, 타인의 경험과 감각 역시 묶는다. '나'를 축조해온 기억과 경험 속에 가족의 기억 이야기가 반짝인다. 희미한 기억을 둘러싼 감각과 경험 일체. 뭔가 알 수 없는 것을 상실한 느낌 같은 것을, 기억의 어두운 부분을 "아프고 이상한 기억"으로 "다시 만"든다(「천국의 개들」). 작화는 '내' 실제적 경험이 된다.

'나'는 이야기 속으로, 예컨대, 고교생 시절 "봄밤의 아빠"가 학교 강당에서 어린 '새'처럼 노래한 기억을 경험 감각으로 현재화한다. 하지만 이제 강당에서 울리던 노래는 "머릿속 방 한 칸에" "세 들어 사는" '새'처럼 갇혔다. 그럼에도 어느 때에는 우연처럼 '새'가 유리창에 머리를 박고, 그 상처가 기억에 틈을 낸다. '아빠'는 기억의 "집에 실금만 한 빛이 들어오는 것"을 본다. 그 새가 과거의 장면에서 여기까지 오면서 입은 상처 같은 균열, 혹은 그것의 연약함으로부터 '우리'가 타인의 기억 속에서 노래의 울창함을, 상처의 연약함을 다시 살 수 있는 듯이.

다섯 살 무렵 우물에 빠져 머리를 여러 번 꿰맸다는 '할아버지의 이야기'는 어떨까.

> 할아버지의 우물과 우리 집의 우물 사이에는 아무런 관련이 없었지만 나는
>
> (……) 그곳을 지날 때마다 어린 할아버지의 머리 피부가 우물의 매끈한 부분에 걸터앉아
>
> (……) 어린 할아버지의 가장 약한 부분 옆에 누워 있어 보고 싶었다
>
> —「tiny hole」 부분

봄밤 강당의 '어린 아빠'는 기억의 파편 세계에서 홀로 노래하다 사그라들었을 것이다. 시인이, 그리고 '새'가 기억의 방에 실금을 내지 않았다면 말이다. 그처럼, 시인은 "찢긴 피부"의 연약함을 통

해 어린 할아버지가 홀로 떨어지고 있는 시공時空 속에 함께 한다. "우물 속"으로 떨어지는 할아버지를 "나의 햇볕 아래" 누이는 두 순간은 수십 년 세월에 나눠지는 게 아니라 같은 시간, 같은 빛과 어둠 속에 속한다.

상처 사이에 난 틈 사이로 들어온 '다친 빛'이 기억의 문이 되고, 빛의 연약함 속에서 시인은 타인과 공존한다. 빛의 동시성이란 시간의 함께함 다름 아니고, 시간의 함께함은 '내'가 아닌 '그/녀'들의 형상 속으로 들어가 기쁨과 슬픔을 함께 겪는다는 것이다. 당신들 각자의 이유로 때로 집과 어울리지 않는 자신을 오래된 어둠 속에 누일 때, 옆에 가만히 가족이 눕는 것 같다. 그것은 "단순한 사랑으로 손상된 당신 얼굴빛과 잘 어울릴 것 같"다(「브로치」).

5. 사랑-중력장

오래된 적막 위에 실금처럼 내려앉는 흰빛은 같은 기억의 문을 연다. 문을 열고 마당에 들어서면,

미래에서 돌아온 것들, 미래까지 가느라 다친, 미래에서 왔기 때문에 조금 지친 것들이 과거의 빛바램과 미래의 상처를 예감하며 함께 있다. 그것은 "모든 사라짐을" "집요하고 구체적인 사랑을 기록하는"(「산과 바이올린과 피아노」) 일이다. 사라짐을 기록하며, 사라짐을 사라지게 두지 않는 것, 시간을 그저 흘려보내는 것으로 축소되는 현대식 삶에서 벗어나 공명하는 시간의 두께를 가지는 것이다. 모순된 시간의 중첩 속에서 생겨난 마찰이 일종의 중력장을 만든다. 그건 "미래와 과거가" "부딪치며 만들어내던 옅은 멍의 향"(「거칠고 환한 오래 전의 향」) 같다. 중력장이 되는 사랑, 회복의 사랑이다. 이는 지난 상처를 잊지 않고 그것마저 회복하는 크기이며 사랑-중력장에 층층이 쌓은 두께다. 시간을, 타인을, 그 사이의 상처를 경유해 두터워질 때라야, 사랑의 온기와 부재하는 온기의 감각이 겹겹이 쌓였을 때라야 아름다움을 말할 수 있을 듯이. *아름다운 작품이야*, 라고, 공명하는 기억 속 빛과 어둠을 부풀린 누군가, 지금 말하듯이.

오래된 어둠과 하우스의 빛

지은이 김연덕
펴낸이 김영정

초판 1쇄 펴낸날 2025년 2월 25일

펴낸곳 (주)현대문학
등록번호 제1-452호
주소 06532 서울시 서초구 신반포로 321(잠원동, 미래엔)
전화 02-2017-0280
팩스 02-516-5433
홈페이지 www.hdmh.co.kr

ISBN 979-11-6790-292-4 (04810)
ISBN 979-11-6790-284-9 (세트)

* 책값은 뒤표지에 있습니다.

현대문학 핀 시리즈 시인선

001	박상순	밤이, 밤이, 밤이
002	이장욱	동물입니다 무엇일까요
003	이기성	사라진 재의 아이
004	김경후	어느 새벽, 나는 리어왕이었지
005	유계영	이제는 순수를 말할 수 있을 것 같다
006	양안다	작은 미래의 책
007	김행숙	1914년
008	오 은	왼손은 마음이 아파
009	임승유	그 밖의 어떤 것
010	이 원	나는 나의 다정한 얼룩말
011	강성은	별일 없습니다 이따금 눈이 내리고요
012	김기택	울음소리만 놔두고 개는 어디로 갔나
013	이제니	있지도 않은 문장은 아름답고
014	황유원	이 왕관이 나는 마음에 드네
015	안희연	밤이라고 부르는 것들 속에는
016	김상혁	슬픔 비슷한 것은 눈물이 되지 않는 시간
017	백은선	아무도 기억하지 못하는 장면들로 만들어진 필름
018	신용목	나의 끝 거창
019	황인숙	아무 날이나 저녁때
020	박정대	불란서 고아의 지도
021	김이듬	마르지 않은 티셔츠를 입고
022	박연준	밤, 비, 뱀
023	문보영	배틀그라운드
024	정다연	내가 내 심장을 느끼게 될지도 모르니까
025	김언희	GG
026	이영광	깨끗하게 더러워지지 않는다
027	신영배	물모자를 선물할게요
028	서윤후	소소소小小小
029	임솔아	겟패킹
030	안미옥	힌트 없음
031	황성희	가차 없는 나의 촉법소녀
032	정우신	홍콩 정원
033	김 현	낮의 해변에서 혼자
034	배수연	쥐와 굴
035	이소호	불온하고 불완전한 편지
036	박소란	있다